v h m

o apocalipse
dos
trabalhadores

valter
hugo
mãe

BIBLIOTECA AZUL

Copyright © 2015, Valter Hugo Mãe e Porto Editora
Copyright © 2017, by Editora Globo S.A.

Todos os direitos reservados. Nenhuma parte desta edição pode ser utilizada ou reproduzida – em qualquer meio ou forma, seja mecânico ou eletrônico, fotocópia, gravação etc. – nem apropriada ou estocada em sistema de banco de dados, sem a expressa autorização da editora.

Por decisão do autor, esta edição mantém a grafia do texto original e não segue o Acordo Ortográfico de Língua Portuguesa (Decreto Legislativo nº 54, de 1995). Este livro não pode ser vendido em Portugal.

EDITOR RESPONSÁVEL Juliana de Araujo Rodrigues
EDITOR ASSISTENTE Erika Nogueira
REVISÃO Matheus Perez
PROJETO GRÁFICO E CAPA Bloco Gráfico
ILUSTRAÇÕES Eduardo Berliner

CIP-BRASIL. CATALOGAÇÃO NA PUBLICAÇÃO
SINDICATO NACIONAL DOS EDITORES DE LIVROS, RJ

M16a
Mãe, Valter Hugo [1971-]
O apocalipse dos trabalhadores: Valter Hugo Mãe
2ª ed.
São Paulo: Biblioteca Azul, 2017
208 p., 11 ils.; 22 cm

ISBN 9788525063571
1. Romance português. I. Berliner, Eduardo
II. Brandão, Ignácio de Loyola III. Título.
17-43864   CDD: 869.3
CDU: 821.134.3-3

1ª edição, 2014 [Cosac Naify]
2ª edição, Editora Globo, 2017
2ª reimpressão, 2020

Direitos exclusivos de edição em língua portuguesa, para o Brasil adquiridos por Editora Globo S.A.
Rua Marquês de Pombal, 25
20230-240 Rio de Janeiro – RJ
www.globolivros.com.br

prefácio
Coração que recusa pactuar com a solidão

É uma história complexa e ao mesmo tempo simples (só lendo para desatar esse nó) de duas diaristas, ou faxineiras, ou empregadas domésticas, em Portugal chamadas mulheres-a-dias. Pessoas que viviam como quem "imaginava pouco futuro". Maria da Graça e Quitéria, uma casada, mas transando com Ferreira, um patrão rude, ainda que culto, a outra apaixonada por um ucraniano, Andriy, homem do Leste europeu flutuando em um mundo completamente diferente do seu. Choque que lhe provoca ocasionais impotências (brochadas). É o mundo minúsculo — dentro de uma estrutura maiúscula, férrea — dos que vivem o prosaico mundo cotidiano, sem perspectivas.

Essas duas mulheres-a-dias estão sempre atormentadas por uma sexualidade à flor da pele, perplexas diante de pilas muito pequenas, tão pequenas que mal eram sentidas ou de "beijos [...] ocres, mais velhos e confusos, [...] aflitos de sôfregos", mulheres atropeladas por medos, culpas exasperantes, consciências tumultuadas pelo adultério e pela religiosidade, iluminadas por sonhos e fantasias, desejos e gozos.

Se eu precisasse manter o ritmo da escrita de Valter Hugo Mãe, deveria começar assim: maria da graça, em minúsculas, continuando, porque esta foi a forma que o autor usou, não há maiúsculas no romance, como se ao descrever o fluxo de consciência (epa, cuidado) de personagens minúsculas, necessitasse somente minúsculas para reforçar a ideia.

Maria da Graça e Quitéria não são minúsculas. Não há no ser humano essa nomeação. Elas são gente, pessoas que amam, têm ciúmes, sofrem, têm prazer, deliram, brincam, riem dentro de uma narrativa que se atropela, à medida que as mentes das duas se confundem, embaralham, misturam vida e morte. Duas histórias de amor que correm paralelas (há um instante que nos lembra o paranaense Dalton Trevisan — em cujos minicontos as mulheres sempre colocam vidro moído na comida do marido — enquanto Maria da Graça mistura lixívia à sopa de Augusto).

Essas mulheres têm outra fonte de renda, são carpideiras, choram em funerais alheios, e assim vivem com constante conflito vida, morte, vida depois da morte, céu, inferno, emoção verdadeira e falsa. Até o momento em que Maria da Graça se vê envolvida na morte do amante. Suicidou-se ou foi assassinado? Paralelo a isso, o trajeto cotidiano de imigrantes, ou exilados ou refugiados de várias nacionalidades, que afugentados pelas guerras em seus países se veem soltos num espaço em que não falam a língua (Andriy, o ucraniano, "sorria de vez em quando, carregado de palavras que tombavam por ele adentro como apenas espaços de som, sem sentido, que nem era capaz de guardar"), não sabem os costumes, os caminhos, nada, flutuam desamparados. Homens que têm a "cabeça enfraquecida por décadas de opressão num regime político que lhes fora imposto literalmente pela necessidade de comerem". Mundo de ambiguidades, claro e escuro, desorientação, incertezas, mortificações. Como a vida, um terreno movediço, pantanoso.

Poucos autores em nossa língua possuem uma narrativa tão pessoal, densa e humorada quanto Valter Hugo Mãe, reconhecível à distância, delicada de perto, saboreada quando se penetra no ritmo. O curioso é que em uma linguagem que parece elitista, ele mergulha no mundo e na alma dessas "mulherzinhas" às voltas com seus dissabores.

O cotidiano das duas faxineiras é de uma sensaboria a toda prova, mas elas têm sensibilidade nos atos, nas palavras e ironias. A ponto de Maria da Graça, carente, confessar do fundo de seu desamparo: "toda a vida trabalhei, desde os meus doze anos que lavo roupa e limpo casas em toda parte e não sei fazer mais nada. eu não sei fazer amor". Por sua vez, como se estivesse distante milhares de quilômetros, em outro planeta, galáxia, olhando a mulher, Augusto, o marido, reflete que "maria da graça não tinha muito cérebro e não sentia nada quando lhe punha alguma coisa vagina adentro. [...] achava que maria da graça era mulher sem desejos de tipo algum. andava pela vida a pensar no trabalho e trabalhava e não acontecia mais nada, porque não era mulher para lhe acontecer mais nada". A distância entre as pessoas, o vácuo, a ausência de sentimentos, a incomunicabilidade, o desentendimento constante, o nada. Como se fosse um filme de Antonioni, que já nos anos 1960 exprimia isso, e que Valter Hugo Mãe recapturou neste milênio, trazendo de volta a um mundo pleno de diásporas, povos caminhando pela Europa, isolados à beira de um muro na fronteira México-Estados Unidos, ou de Israel e da Palestina, mesmo em um Brasil polarizado, dividido entre Nós e Eles, e ainda pessoas soltas nas balsas que flutuam no meio do oceano em busca de uma terra que os acolha.

Somos todos como Maria da Graça, que "percebeu que morreria também, em poucos ou muitos dias, morreria certa de que seu coração se recusaria a pactuar com a solidão". Valter Hugo Mãe é dos autores mais originais em língua portuguesa nos últimos tempos. Daqueles que, mostrando uma página sem título e autoria, basta seguir o ritmo para dizermos: é dele. Um jeito todo especial que nos agarra na primeira página, dá um tempo e nos conduz até o final, envolvidos. Comprometidos e assustados. Ainda que maravilhados.

IGNÁCIO DE LOYOLA BRANDÃO, escritor e jornalista, nascido em 1936, 44 livros publicados entre romances, contos, crônicas, viagens e infantojuvenis. Prêmio Machado de Assis da Academia Brasileira de letras, 2016.

deus é a nossa mulher-a-dias

adília lopes

para o nélio paulo

de noite, a maria da graça sonhava que às portas do céu se vendiam souvenirs da vida na terra. gente de palavras garridas que chamava a sua atenção com os braços no ar, como quem tinha peixe fresco, juntava-se em redor da sua alma e despachava por bagatelas as coisas mais passíveis de suprir uma grande falta aos que morriam. os últimos charlatães, pensava ela, envergonhada até por ter de pensar depois de morta, ou que talvez fosse coisa boa antes de se entrar no céu ser dada a oportunidade de levar um objecto, uma imagem materializada, algo como prova de uma vida anterior ou extrema saudade. ela pedia-lhes que a deixassem passar, ia à pressa, insistia, sabia mal o que fazer e não podia decidir nada sobre nada. seguia perplexa e não querendo arriscar a ganância de se depositar na eternidade a partir de um acto de posse. por uma compreensível angústia, ansiedade ou frenesi de ali estar tão pela primeira vez, mantinha a esperança de que talvez são pedro a esclarecesse e, com um pé lá dentro e outro ainda fora, lhe fosse possível comprar o requiem de mozart, a reprodução dos frescos de goya ou a edição francesa das raparigas em flor.

as portas do céu eram pequenas, ao contrário do que poderia esperar. precisaria de se baixar consideravelmente para passar e, na multidão de quem queria ser atendido, era dramática a confusão, gerando violência e uma nuvem de pó que se levantava com muita frequência. a maria da graça ainda escapava aos vendedores e já tentava perceber de que lado da praça devia arriscar a sua aproximação à porta. não era fácil fazer o caminho daqueles cem metros sem levar um encontrão ou, pior, ser confundida com um dos arruaceiros e, por isso, obrigada a permanecer ali fora a enraivecer eternamente.

não ficavam ali eternamente, pensava depois, haveriam de seguir para o inferno, levados pelas orelhas como mal comportados. talvez passasse por ali uma carrinha fechada que os apanhasse como se fazia aos cães vadios. uns homens sairiam em busca de quem estivesse naquele impasse e atacariam com redes grandes que lhes tolheriam os gestos. a praça ficaria limpa por um tempo.

a maria da graça encostava-se o mais que podia às paredes e lá fazia o seu percurso, convicta de que, tendo morrido de tão horrenda sorte, seria digna de todos os perdões e admitida no céu. assim se apresentou, maria da graça, fui empregada de limpeza, sim, mulher-a-dias, como se fosse mulher só de vez em quando, em alguns dias. e o são pedro perguntava-lhe, o que é que isso quer dizer. e ela respondia, matou-me o senhor ferreira, que há muito me andava a fazer mal e eu até já o via a acontecer. o são pedro inclinava-se, cabeça para trás e barriga para a frente, e ria-se, dizia, ó minha senhora, isso agora não tem valor, os mortos são todos iguais, não têm profissão e não lhes vale de nada o que aprenderam a fazer, ou parece-lhe que aqui existem quartos para limpar. a maria da graça insistia, mas morri sem vontade, foi o velho, por mim estava ainda a ganhar a vida, que não sou mulher de fugir a nada. o porteiro do céu encarava-a de perto, calando a sua gargalhada e espiando atentamente os olhos da mulher, e que terás feito tu para mereceres isso, perguntava-lhe, como podes esperar o perdão se ficaste ao pé do teu predador quando podias ter fugido. que quereria dizer com aquilo. que provocador lhe parecia o são pedro, o estupor. estaria tão informado sobre as iniquidades dela, perguntava-se. que maldade de homem lhe parecia, a fazer da entrada do céu uma coisa difícil. e que mau aspecto tinha aquilo, com as brigas à porta, tão infindáveis e barulhentas. o santo recolhia os lábios como quem se fechava para não mais falar e foi como se pareceu a uma pedra, uma pedra que ao invés de se fazer de força inerte e bela, rolara para o centro da pequena porta como selando um túmulo. que terrível a entrada do céu se era em tudo parecida com a da morte. ir para o céu, pensava a maria da graça, é morrer. deixava-se estupefacta com tal ideia como se, por natureza, uma coisa não pudesse significar a outra. acordava suada, o coração a bater doido no peito e a boca sibilando aflita dizendo, não sou mulher de fugir a nada, eu não sou mulher de fugir a nada.

maldito senhor ferreira, resmungava ela depois. em meia hora havia de estar à porta da sua casa, a pedir licença para entrar e a chegar atazanada ao primeiro andar, carregando escada acima os tapetes lavados no dia anterior. maria da graça, dizia-lhe o maldito, é melhor que leve os tapetes para lavar em casa. precisam de muito sol para secarem e aqui é esta escuridão que se vê. e ela pensava, que não se vê, que aqui não se vê nada, e eu havia era de lhe dizer das boas pelo mal que me faz. mas calou-se, não sorriu, respondeu, sim, senhor ferreira, posso levá-los. e depois talvez abrisse as portadas para que ele percebesse a generosidade daquela casa e o quanto a usava pelo lado contrário do esperado.

pelo caminho, seguia revoltada ao ocorrerem-lhe referências tão eruditas no sonho que repetia vezes sem conta. revoltava-se por se render tão imediatamente àquelas conversas que seriam só para a impressionar e rebaixar. este é um livro sobre o trabalho de goya, dizia-lhe o homem, um génio, veja. são coisas como já não há e nem deus havia de estar consciente da maravilha que vinha ao mundo quando este homem nasceu. sabe, maria da graça, há homens que surpreendem o criador, tenho a certeza. inchava todo para trás na sua poltrona de pele velha e parecia querer dizer que era brilhante por concluir tal coisa, como se pudesse também surpreender deus e regozijar-se por isso. ela respondia, certamente, senhor ferreira. ele levantava-se, punha-lhe as mãos nos ombros, inclinava-se um pouco à altura dela e beijava-a. não é que esteja certo, dizia ele, não estará com certeza, mas ambos sabemos o nosso lugar e é dessa forma que a sociedade se estrutura, é essa consciência que faz com que não se desmorone. a maria da graça trouxe cor a esta casa, eu já lhe disse isso. depois voltava a dobrar-se sobre a mulher e a tapar-lhe a boca com a sua, perscrutando a língua dela como se caçasse bichos ali dentro. o senhor ferreira não devia, ainda ontem aconteceu, e depois tenho pesadelos à noite, interrompia ela. pois eu sonho belissimamente, respondia-lhe ele. ela ajeitava-se nos seus braços e esperava que talvez fossem apenas uns beijos, um abraço mais demorado que servisse para o acalmar e já voltariam cada um ao seu trabalho. e que porcarias malvadas sonha você, perguntou-lhe. ora, que fico por aí a penar, porque estas coisas não se esperam de uma mulher. para um homem, achava, as coisas estavam feitas de modo diferente. os empregos são melhores, as liberdades maiores, e até a consciência distinguia uns de outras. para as mulheres, uma devassidão era já um perigo de grande luxo. se alguém o descobrisse, não arranjaria a maria da graça mais chão para esfregar. o senhor ferreira voltava a sorrir e a investir sobre ela como se mais animado, tão mais divertido quanto excitado. não seja ingénua, maria da graça, se descobrissem o quanto, digamos, gostamos um do outro, haveriam de a cobiçar até lhe porem a mão como eu. se aquilo era honestidade, a maria da graça não sabia. sentia-se como vulgar, com o maldito categoricamente afirmando que lhe punha as mãos pela oportunidade. era como ouvia cada palavra, enquanto uma mão limpava a casa, a outra limpava o ego imperialista do patrão. olhe, senhor ferreira, um destes dias o meu augusto descobre e vem aqui falar-lhe de uns assuntos difíceis.

e depois o goya passou pelo bem e pelo mal, e está nas paredes sagradas da casa de deus como também deixou testemunho do terror que pode haver nas coisas de todos os dias. era um homem lúcido. sabia que a arte é incapaz de exageros. a arte é incapaz de exageros. entende o que lhe digo, maria da graça, perguntava. ela encolhia um pouco os ombros e não sabia o que dizer, tudo lhe parecia demasiado empolado para que fosse válido para a sua vida tão simples. pensava que estava ali apenas para fazer o seu dinheiro e era de coisas de comer e vestir que precisava. aquelas teorias apaixonadas não lhe pareciam nada de pôr na sopa. só a paixão pode dar a um homem uma tal energia, continuava ele, só a paixão pode, num momento de afinidade com a vontade de deus, resultar numa obra tão impossível, e isto é fernando pessoa. a maria da graça sentava-se a medo, olhava para o livro e percebia os rostos imprecisos das figuras, o ar soturno e assustador que tinham. perguntava, e que pintou além destas imagens tão duras. o maldito arregalava os olhos de contentamento, perante o suposto interesse da sua pupila, e folheava o livro até lhe dizer, isto, absolutamente magnífico.

os beijos dele eram ocres, mais velhos e confusos, como se aflitos de sôfregos ou sem tempo. pareciam--lhe à pressa. e ela não gostava deles de modo algum. limpava a cozinha mais devagar atormentada pela sua presença que, antes ou depois da lida, lhe haveria de pôr a mão, uns dias para mais, outros para menos. e ela ficava com a louça nos esfregões mais tempo, a procurar no efémero das bolas de sabão uma saída para as suas tormentas. a maria da graça queria negar a si mesma o facto de se ter apaixonado por ele, mas era-lhe difícil manter tal ideia na cabeça. pensava que o odiava, mas pensava-o obsessivamente como quem não conseguia pensar em mais nada, aliás, muito mais grave, como quem não queria pensar em mais nada. era velho, sim, muito mais velho, e não primava pela simpatia e menos ainda pela correcção. se ela estava casada e ele tão bem sabedor disso, ele não seria mais do que um oportunista, aproveitando-se da sua condição humilde de empregada para se pôr nela e acentuar a sua ignorância falando-lhe das maravilhas do mundo. a maria da graça sabia bem que era homem com soberba e nenhum escrúpulo, sempre pronto para a submeter aos seus caprichos e ultrapassar largamente o que lhe competiria exigir enquanto patrão. para sobreviver à violência da situação, concentrava-se no dinheiro que ganhava e julgava a vida como difícil e para ela o difícil era suportável até um ponto de exagero assinalável.

decidira muitas vezes não voltar à casa do maldito. arranjar outra pessoa interessada, que a condição de lá ir quatro dias por semana não lhe trouxera nenhum vínculo jurídico e estava livre para desistir assim que lhe parecesse bem. o senhor ferreira, todo importante e seguro, deixava-lhe as poucas notas em cima do prato à entrada da casa e achava tal fortuna naquilo que nunca acreditaria que a mulher dali arredasse. contava as notas com cautela, não fosse ela julgar que a compensava por algum cuidado ou atenção e ficar à espera do mesmo no mês seguinte. nada disso. as notas eram colocadas no prato depois de conferidas duas ou três vezes, e ficavam ali sob um pisa-papéis de bronze em forma de mão. a maria da graça levantava-o e sabia que ali estaria a quantia mais exacta de todos os seus pagamentos. se passava os olhos pelas notas antes de as guardar era porque esperava que o homem enlouquecesse um dia, e tal coisa haveria de a favorecer ou prejudicar grandemente. olhar para as notas era um modo de ir vendo o tempo passar, vencendo mais um mês antes do grande evento da sua loucura que, sabia bem, haveria de a levar à morte.

e ele fixava-a de passagem entre a sala e o quarto. ela atarefava-se particularmente, não fosse o homem querer procurar-lhe a boca ou pedir-lhe que se levantasse do chão para lhe pôr as mãos no corpo. ela estendia-se o mais que podia no meio dos bancos e da mesa e não lhe dava azo a achar que estaria para ali desocupada e com tempo para uma pausa carnal. a tarde gastava-se e ela acalmava, ao menos hoje é dia de levantar a mão e levar o meu dinheiro. e ele pensava, gostava que saísse daqui extenuada. satisfeita de tal modo que não suportasse o marido. ficava absorto nesse pensamento. a maria da graça, não sabendo de tal aspiração, quantas vezes se via na cama dele, mesmo à hora de saída, a dar-lhe o corpo e o tempo que, mais tarde, voltaria a partilhar com o marido. o maldito gemia e convencia-se de que a idade não lhe tirara o fulgor. ela encontrava os olhos dele no meio do acto e queria dizer-lhe que ele não entendia nada sobre o que estava a acontecer e que ela não era surpreendente nem para ele, quanto mais para deus, e nunca teria vocabulário suficiente para lhe explicar aquele odioso amor. saía de baixo dele compondo a roupa, e ele fumava um cigarro queimando o ar e fedendo incrivelmente. ela justificava-se dizendo, o meu marido está em terra e tenho roupa para lavar em casa, estou atrasada. ele respondia, sorrindo e perguntando, quando parte novamente, um pescador no coração de bragança, não é comum um marido assim.

chegava a casa a cheirar a suor de vergonha. metia-se a banho muito brevemente, para se sentir menos culpada de amar outro homem, e começava a cozinhar. não tardava a entrar o augusto e ele haveria de querer tudo sobre a mesa, convencido até de que o seu cansaço era sempre maior e mais digno de ser respeitado do que o dela. com dezassete anos de casamento e aquela atitude piorando, já a maria da graça o encarava como um traste do qual não tinha como se livrar. punha-lhe os ovos à frente, o arroz, a sopa a esfriar, e atirava-se para a sua cadeira ouvindo-o lamentar-se de andar por ali sem ter o que fazer. fui ver as obras, dizia, estão cada vez mais cheias de homens de leste, desesperados e dispostos a carregar com os camiões aos ombros para sobreviverem. os de leste, continuava ele, são uns resistentes que nos hão-de lixar a vida a todos. porque são mais espertos, mais fortes e estão desesperados. ela comia a sopa primeiro, assentava a mão esquerda no colo, puxando a saia para baixo, muito esporadicamente colocando a mão no lugar do púbis, um pouco dorido, um pouco confuso, tão desejosa de se deitar, pensando reiteradamente no maldito e no modo como se lhe impunha, buscando-a com desejo.

    o augusto rebolava-se no sofá, doía-lhe a barriga, mas não sabia que a maria da graça lhe deitava na sopa umas gotas de lixívia ou outro abrasivo qualquer. ela só baixava o som da televisão e já se deitava. com os olhos parados no tecto, lembrava-se de coisas díspares. jurava, sempre mais e mais, criar tempo para estar com a quitéria, que havia de lhe rogar pragas sol e lua por nunca lhe dizer nada, ali vizinhas e sem se verem quase por uma semana inteira. era sempre assim quando o augusto ia a terra. e ele que se acalmasse com uma cerveja mal fresca e adormecesse pela sala, convencido até de que estar em bragança era o que lhe alterava a saúde. não o queria matar, a pobre da mulher, queria apenas que lhe pagasse um pouco a falta de liberdade, que estar casada com ele era como ter trela presa a uma parede, ainda por cima, uma parede de tinta desbotada e estúpida feita de opiniões estúpidas. se o augusto morresse das poucas semanas de sopa de lixívia, seria para ela uma surpresa boa mas assustadora, porque não se via como assassina. punha-se a pensar nisso de assassinar e não se via presa, metida para uns quaisquer calabouços. achava-se uma mulher igual às outras, pelo que qualquer coisa que fazia haveria de ser entendida como razoável à luz da cruel forma de vida que lhe estava destinada. talvez aquelas gotas de lixívia fossem o seu modo de não fugir do augusto. deixá-lo ainda consigo, mas anulando-o em parte. tornando-o metade do homem que ele podia ser, se com metade do homem que ele era a maria da graça já se cansava e frustrava sem retorno. a quitéria alertava-a, isso assim, dia a dia, dá um litro facilmente, e a mim parece-me que um homem que beba um litro de lixívia vai desta para outra com muita certeza. podiam sorrir, as duas tão cúmplices quanto inconscientemente criminosas. retiravam daí um divertimento leviano, feito da matéria mais contínua e difícil da vida. um divertimento para lhes sublimar os sonhos tolos de adolescência, as vezes em que se tinham deitado com um homem por amor, sabendo depois que o amor morre. o esforço necessário para aceitar a insensibilidade masculina. o abandono ou a instituída solidão pela vontade criadora de deus. e depois pensavam que não importava nada daquilo, que também poderiam ser feitas de pedra. andando pelo mundo vendo-o como desapaixonadas e até desinteressadas. e a quitéria dizia, cala-te, graça, estás louca pelo maldito, não tens hipótese nenhuma senão desmoronar por aí abaixo. significava que todas as coisas da sua vida estariam periclitantes. intermitentes entre serem para a esquerda ou para a direita, para sempre ou esgotadas num segundo, doces ou amargas, amadas ou profundamente odiadas. o amor criado assim, a partir de quem se odeia, é o pior, dizia-lhe a quitéria, é como lutar com a sombra. a maria da graça deitava uma gota a mais de lixívia na sopa do augusto e julgava libertar-se daqueles sentimentos revoltantes. perdia-se nos estendais, a sacudir lençóis e a pendurar mais tapetes, quando até o seu corpo estremecia, abalado de nervos com a ideia horrível de se apaixonar por um velho que a desprezava e que tanto aprendera a desprezar também.

o augusto ainda dormia incomodado, mexendo-se e dizendo breves palavras sonâmbulas, quando a maria da graça se levantava muito cedo, mas sempre sem se salvar dos seus próprios pesadelos, entregando-se eternamente ingénua à aspereza da vigília.

dizia que era maldito porque assim lhe começou a chamar a quitéria. é o estupor de um velho, a meter-se contigo dessa maneira, se o teu marido vos apanha mata-o com um murro bem dado. a maria da graça mandava-a falar mais baixo. o augusto andaria pela casa e elas, nos estendais, nas traseiras do prédio, estavam muito perto das janelas abertas da cozinha. e menos mal que não te faz um filho, porque tens isso seco como a terra, mas e se te pega uma doença, dizia a quitéria, e se te pega uma doença, esse filho de uma mãe. a maria da graça tinha quase quarenta anos e julgava-se tão adiantada na vida que nada esperaria dessas coisas. vivia como quem imaginava pouco futuro e conformava-se, nem pensando muito nisso. estás louca, mulher, dizia-lhe a amiga, és uma cachopa nova e ainda tens muito terreno para plantar, não te deixes ir para baixo, obriga-o a usar preservativo, obriga-o, minha burra. gesticulava como doida a explicar-se enquanto pendurava bacias inteiras de roupa. com o que eu ganho, respondia-lhe a maria da graça, só posso pagar a morte, que a vida é cara de mais para mim. sou uma mulher fraca, essa é a verdade, mas não sou de fugir a nada. hei-de morrer de velha, não há cá doenças para uma coisa como eu.

    o maldito tinha uma pila muito pequena, era assim que confidenciavam uma à outra sobre o assunto. põe-te a pila e tu nem sentes. não digas isso alto. não é que eu não sinta, porque ele abana-se, mas não é assim de modos a crescer muito, respondia a maria da graça. deve ser um dedo, por isso está duro, olha que com aquela idade não deve endurecer mais nada, gozava a outra. aos dedos distingo eu bem, não sejas burra. o homem não tem de tamanho, mas de ganas é uma coisa da selva. riam-se as duas por um bocado e esqueciam até que, em essência, a maria da graça se guardava naquele romance quase nenhum para um terrível fim. as pessoas todas acabam, pensavam, e nós teremos de seguir e pouco adianta refilar. e ele tinha uma pila muito pequena que, por vezes, parecia ficar só à entrada a esgravatar como se fosse uma promessa, mas nunca um acto. ela não lho condenava, ficava quieta à espera que acabasse, limpava-se, sentia que assim traía menos o marido e dava-se menos ao desfrute de ser uma qualquer. e achas mesmo que morres de velha, voltou a quitéria ao assunto. claro que sim, respondeu a amiga. morrerei depois de muito se esquecerem de mim. as pessoas que ficam para aqui esquecidas, sabes, até são as mais fortes. se não as toca coisa alguma. vão restando e restando, até não restar mais nada. a quitéria abanava a cabeça e insistia, o velho, um destes dias, mata-te. ouve o que te digo, mulher, és muito nova para te deixares convencer que o amor é sermos violadas.

a maria da graça sentava-se uns minutos e consolava-se com as noites quentes. e a outra queria saber sempre mais, sobre os sonhos estranhos que a amiga tinha e o que lhe havia dito o augusto depois que tinham discutido no sábado. e ela começava pelo fim. o augusto, já nem o posso ver nem cheirar, só espero a hora de ele embarcar outra vez. tanto barco afunda e aquele não tem jeito. encostaram-se à parede do prédio e avistaram os estendais carregados e quantas horas lhes teria custado lavar e pendurar tanta roupa branca e calaram-se um pouco.

depois, a quitéria ria-se. estamos fodidas, dizia. estamos todas fodidas com estes homens. a maria da graça perdia o olhar, pensava que, se ao menos o maldito se apaixonasse por ela, poderia sair dali, ser usada como ele quisesse para os entusiasmos que lhe davam no meio das pernas, mas viraria uma senhora, rodeada de coisas cheias de história e pompa humana, coisas a lembrarem museus e livros e inteligências de todo o mundo. ela haveria de ficar ali, muito burra, mas esperta o suficiente para não estragar tudo. ficaria obediente, como até então, a gerir as investidas do maldito e a sobreviver à custa de menos ovos e sopa e mais carne fresca, peixes bem escolhidos, temperos cuidados e complicados que haveria de copiar de receitas estrangeiras e tudo. a quitéria reparava no seu ar ausente e sabia, dizia-lhe, não te adianta pensar nessas coisas, mulher, na verdade estamos aqui fodidas porque também somos umas putas. já temos sorte de ninguém mais o saber.

   a quitéria gostava dos rapazes mais novos e costumava procurá-los até sem grande cuidado. fazia-lhes sexo oral como quem estivesse com sede e não houvesse água no mundo. que queres, dizia, é para o que me dá. e não me importa, que isto são uns dias e umas noites e estamos mortas sem mais nada nem mais homem. a maria da graça não fazia grande caso do que a outra dizia, e não queria imaginar quantidades nenhumas para os rapazes indo e vindo da casa da amiga. agora são só moços de leste, que também a têm pequena mas são grandes e tão bonitos, continuava a outra. havias de experimentar e deixar-te dessas culpas, que o augusto é um estafermo dos grandes, não merece nem os ovos que as galinhas lhe deitam, e todo o esforço que fizeres para o encornares será mais esforço do que merece que alguém faça por ele. e depois, é com a juventude que está a saúde e a energia, tens de parar de pensar que estás velha, mulher, antes que estejas velha e não possas pensar de outra maneira. nem sabes o que dizes, respondeu-lhe a maria da graça, tanto me queres guardada do vexame de ter o velho em cima de mim como me queres a correr os rapazes novos. e a esses de leste tem-lhes o augusto tanta inveja que se me visse em conversa com um já me virava pó fino a pairar no vento. deixa-me quieta. já me basta o que tenho, que não o perca, é o melhor, que não o perca.

a quitéria achava que a amiga ainda ganharia muito com a lida na casa do senhor ferreira, e dizia-lhe que estava mais inteligente, cheia de cultura, a explicar-lhe que um requiem era uma música fúnebre. era mórbido e de mau gosto ouvir tal coisa em casa, parecia de quem queria anunciar a morte, ainda te mata, mulher, ainda te mata, raios o partam. mas era engraçado de se saber que até para quem morrera e não ouviria nada, grandes génios tinham composto obras inesquecíveis.

uma vez por outra, a quitéria assistia a funerais contratada por uns cangalheiros que, assim, juntavam um grupo de carpideiras para compor os cortejos de quem não deixava ninguém. ganhava uns cinquenta euros a fazê-lo e custava-lhe muito menos do que esfregar chãos e passar roupa a ferro. voltava cheia de histórias, de tanto ver o cadáver e comentar com padre e sacristão sobre quem era o finado. a maria da graça explicava-lhe, o pior é que ouça aquilo nos meus pesadelos, e depois acordo assustada e já não posso ouvir uma ponta de violino, ou outra coisa qualquer, porque me começam aquelas melodias a tocar sozinhas e fico com a cabeça cheia como se o funeral fosse todo na minha cabeça. a quitéria levantava-se na sua hora de ir para dentro, respondia-lhe que o importante era que a matança não fosse dentro da sua cabeça, que os mortos todos vemos por medo ou ansiedade, mas sermos responsáveis por eles é que nos estragaria a vida. não sejas tola, quitéria, achas que eu algum dia seria capaz de matar o augusto, perguntava. a amiga não respondia. não sou mulher de matar ninguém, insistia a maria da graça, sou mais para morrer, que se ainda não morri foi por isso que te expliquei, estou para aqui esquecida até disso. a quitéria calava-se, levava as bacias vazias para dentro e esquecia-se de tudo num sono profundo, sem interrupções nem pesadelos, tão diferente do que acontecia com a amiga.

quando o augusto embarcava, apanhando primeiro o autocarro para o porto, depois até à póvoa de varzim, para seguir no barco para a mauritânia, durante seis meses sem voltar, a maria da graça pedia a manhã ao senhor ferreira e aparecia apenas à hora do almoço. ela ficava na central dos autocarros a vê-lo entrar para um e a escolher a janela que lhe parecia melhor deitada para aquele adeus cretino. ai a paisagem, pensava ela, vais ver a paisagem daqui até longe de mim, e tão contente por dentro como não tens coragem de mostrar. nesse momento, ele seguia ansioso como um miúdo que fosse para a tropa, cheio de medo e curiosidade, as mãos no colo segurando o bilhete e um arrepio leve no sexo. o augusto seguia para o barco claramente como quem voltava para o seu lugar, despedindo-se da maria da graça comovido, não por a deixar sozinha durante tanto tempo, antes por lamentar que ela não tivesse à sua espera seis meses de tão boa vida quanto ele maravilhosamente se preparava para ter. ela levantava a mão, em sinal de despedida, e pensava, filho da puta, vais feliz embora, eu sei que vais feliz embora e eu é que aqui fico à espera presa ao estupor da casa. imaginava-se a entrar um dia no autocarro, a seguir para o porto, onde estivera apenas duas vezes, e a lavar tanto chão por lá que lhe desse para um quarto numa pensão reles e a deixassem ficar por ali, no meio de muitos milhares de pessoas, só mais uma, livre da pequenez de bragança que não lhe dava espaço para estender os braços. assim se imaginava e conformava. eram pensamentos fugazes, como se estivesse apenas a projectar a vida do augusto à luz do que podia referenciar.

o velho recebia-a com um entusiasmo indisfarçável. perdia a oportunidade de a mandar embora conspurcada para o marido, mas ganhava a liberdade de a possuir sem risco nem respeito pelo tempo. punha-lhe a mão entre as pernas assim que ela entrava. a mulher estagnando imediatamente e ele dizendo-lhe breves coisas obscenas que a deixavam de ar tão ignorante quanto as explicações sobre goya ou mozart. senhor ferreira, ainda vou despachar o almoço a correr, dizia ela. e ele respondia, vamos comer tudo o que houver, fiquei com muita fome, maria da graça.

era, num certo sentido, a mulher dele, assim disponível com o augusto tão longe. só se teriam um ao outro nas coisas íntimas, e era sobretudo a partir daí que ela ficcionava um casamento, uma oficialização da sua presença naquela casa pelo lado mais digno, tornando-a uma senhora como nunca fora. cozinhava algo abreviadamente, em relação ao que era o costume, e talvez pusesse sal em demasia, um pouco de pimenta a mais, óleo a mais, só o suficiente para se acusar desconcentrada com as atitudes dele, não como quem se queixava, mas como quem amuava e esperava que o outro lhe dissesse, definitivamente, o que significava para si o que acontecia entre os dois. mas o maldito comia sem dar conta de nada. abria e fechava a boca para uma garfada e outra e não se apercebia de exagero algum. e ela sabia que cozinhar haveria de ser a sua arte, mas não lhe parecia nada que a arte fosse incapaz de exageros. ele pedia para levantar o volume da música e uma orquestra irrompia pela casa fora e a maria da graça julgava-se estúpida, por esperar que um homem de setenta e seis anos quisesse algum compromisso com uma mulher que já lhe dava tudo por uns poucos euros a cada mês, por esperar que um homem tão culto e bem sucedido pudesse tomar por esposa uma mulher-a-dias feia e desinteressante como ela. achava-o porco. seria um porco, capaz de a usar convicto de que nunca teria nenhuma responsabilidade sobre o assunto.

na sala, no canto perto das portadas da varanda, havia um alçapão que a maria da graça tinha de levantar muitas vezes. encontrava umas escadas íngremes que conduziam a uma divisão sem contacto com o exterior onde se guardavam as coisas em jeito de despensa. para seu azar, era ali que o maldito queria as roupas de cama, as toalhas, os cortinados antigos que pendurava por alturas do natal. ela descia aquelas escadas com cautela, tantas vezes carregada e em difícil equilíbrio, e ficava para ali com pouca luz a tentar fazer daquele compartimento húmido um bom lugar para as coisas guardadas. ele não descia lá abaixo havia muito tempo, ficava, no entanto, a perguntar-lhe como estava tudo, berrando à boca da entrada como quem estivesse do lado de lá dos montes. ela fungava uma qualquer palavra e subia. dizia que aquilo era lugar para coisas podres, que não era boa ideia deixar ali as roupas nem mais nada. ele lamentava-se de não ter espaço na casa, o que era uma redonda mentira ou desculpa tola, e acabava por reiterar que lhe dava gozo saber que aquela divisão estava ocupada com alguma coisa e que a maria da graça lá descia todos os dias, de outro modo seria um poço vazio sob os seus pés, como um negativo da sala para onde as energias do que estava em cima se projectariam em sombras que se perdiam. e ele dizia, é bom saber que esse compartimento tem as suas próprias coisas e energias, que não funciona como negativo da sala, não quero espaços mortos em casa, não me agradam os lugares que não têm utilidade, parecem-me carregados de si mesmos, como se vivessem e nos pudessem impor as suas próprias decisões.

a maria da graça baixava a música, pedia desculpa por tomar a iniciativa e afirmava que lhe era difícil encerar o chão da sala com aquela gente toda a tocar ao mesmo tempo. ele podia trocar o disco pelas suites para violoncelo de bach e dizia, quando morreu, bach deve ter explicado a deus o que é a música, que terá aprendido com ele como um miúdo, tenho a certeza. a maria da graça abria as janelas e deixava entrar o ar novo da rua e sentia que, quem ouvisse lá fora o pranto que por ali ia, haveria de pensar que eram gente louca, a ouvir música triste ao invés de fazerem por se alegrar.

tinha nas suas mãos um pequeno frasco de vidro com a terra sagrada de jerusalém. pasmava. o vendedor dizia-lhe que era verdadeira, cheia de qualidades para a alma. ela encarava o objecto e mexia-o levemente sem uma decisão. o homem impacientava-se querendo à viva força que assumisse a compra. ao fundo, pela primeira vez, a maria da graça achou ver o são pedro de olhos fixos no que ela fazia. estaria, certamente, a vigiá-la. a mulher ponderava. era verdade que a terra sagrada de jerusalém, lugar que nunca visitara, a atraía e funcionaria sempre como um louvor a deus, por outro lado, entrada no paraíso, estaria sobre terra toda ela sagrada, como uma terra viva eternamente sustentando o criador. o vendedor começou a gritar quando ela decidiu recusar. deu dois passos e acordou. estava ainda calor, já início de outubro, e era como se punha a suar, saltando da cama para o banho com uma sensação grande de repulsa, sentia-se como depois do sexo com o senhor ferreira. sentia-se suja, igual a quando o velho ejaculava sem pontaria para o meio das suas pernas.

 ter de pensar no paraíso, não lhe parece isso algo mal feito, perguntava ela ao senhor ferreira, que se esteja no paraíso para pensar. e ele dizia, sonhar que se vai para o céu é tão antigo, já nem me ocorria que alguém ainda tivesse cabeça antiga para fazer essas coisas. a maria da graça arreliava-se, não percebia porque haveria de gozar com as suas ideias sobre a transcendência. ela insistia, o paraíso devia ser feito só para sentir felicidade, sem limites, para todos. e não devia ser preciso pensar ou lembrar o que já se viveu. o senhor ferreira sorria tão pouco sério e, por vezes, ainda era só uma imagem do sonho, pelo que a maria da graça acordava depois, arreliada mais ainda por inventar a dormir uma réplica igualmente imprestável do homem que amava. e sonhos eróticos, perguntava-lhe o senhor ferreira. nenhum, respondia ela. só me vêm à cabeça coisas más em que me parece vir dizer, outra vez, que sou uma ignorante e que, se não fosse por sua causa, morreria e iria para o céu sem saber quem foi o mozart, o goya ou o proust.

és uma empregada, dizia-lhe a amiga, a menos que esses homens tenham inventado o cif líquido marine não me parece que te façam mais feliz. fazem-me mais triste, eu sei, mas estiveram sempre convencidos de que a obra que deixaram me haveria de fazer feliz. não penses nisso, mulher, trabalha e avança. não penses. e se tenho de pensar depois, às portas do céu, a querer entrar e a ter de justificar tudo. não existem portas no céu, só nuvens e espreguiçadeiras. pois é. tenho de convencer os sonhos disso, que a vida é difícil o suficiente para se exigirem responsabilidades pelo que dela fazemos.

era dia cinco e revoltava-se por ter de ir trabalhar. alguns feriados haviam de ser para todos, pensava, e o velho maldito não lho quis dispensar, ao dia, retornava ela, não lho deu para que descansasse. mas, não obstante, pôs-se cheio de falas mansas sobre a importância da data, a pregar sermões eloquentes, como um político ou dono de um cavalo de dentes podres ensinado a não sorrir.

ela não estava bem convencida de que era uma data das boas, se ao menos fosse boa para ela também e não precisasse de atravessar a cidade como fazia sempre. e a cidade estava insuportável. tudo parado para morto, nada a funcionar. uma lentidão exasperante como quase a exalar das casas numa inércia assustadora. e ela a acelerar o passo, para chegar a tempo e não ter de ouvir mais prelecções do senhor ferreira, já certamente eriçado de vontade para a instruir sobre cada pormenor da vida. ela acelerava o passo, enxotava o cão que a seguia e acelerava o passo.

não é meu, o cão, dizia. é estúpido. o pequeno vadio não a largava, desde ruas e mais ruas, rasteiro, afeiçoara--se aos tornozelos dela e não a perdia de mais de um metro. a maria da graça mal o percebera de início. apenas ao cabo de uns bons minutos se fez luz na sua cabeça acerca daquele pequeno rectângulo castanho que a ia acompanhando. começou por se apressar, investindo mais afincadamente nas viragens das esquinas, como se procurasse esconder-se e fosse possível o cão não a ter visto tomar aquele preciso caminho. mas era tolice, à distância de um metro, nenhuma opção para esquerda ou para a direita de um percurso haveria de ser esconderijo para o cão. depois, começou a enxotá-lo com pequenas expressões em voz baixa, não fossem as poucas pessoas passando apreciarem na situação algum tipo de espectáculo. não funcionando coisa alguma para demover o pequeno animal da sua marcha persecutória, assegurou-se de estar mais desacompanhada e esticou repentinamente a perna quase acertando o pé no focinho do pobre rectângulo castanho. foi nesse momento que alguém lhe disse umas primeiras palavras, que ao seu espírito soaram sem sentido. como disse, perguntou. o homem parou diante dela e talvez tenha repetido o que primeiramente proferiu, pobre animal, foi o que eu pensei. e isso consigo, perguntou ela, o que tem isso consigo, importa-lhe. se o bicho lhe tem amor, corta-me o coração, mais nada. a maria da graça recuou um passo, encheu o peito de tanta coisa que poderia ter respondido de mil maneiras, boas ou más, tão diferentes e todas tão importantes. parou os olhos no ar expectante do desconhecido e respondeu, não me interessa o amor, isso é coisa de gente desocupada que não tem o que fazer.

depois, contornou a barreira que o corpo do homem levantara no seu caminho e prosseguiu. o pequeno cão atrás de si, tudo tão aparentemente igual e, ao mesmo tempo, terrivelmente diferente. pôs a mão no peito, poderia chorar. o senhor ferreira estaria à sua espera e ela remoía por dentro aquele sentimento ingrato de esperar dele um amor. e o amor, pensava, era porco, vinha ao coração a partir dos homens mais horríveis, disso tinha ela a certeza absoluta.

não é meu, respondeu ela ao maldito. e ele sorriu e disse, entra, portugal. o animal saltou o degrau e pôs-se dentro de casa como se soubesse tudo sobre estar ali e lhe pertencesse cada coisa. a maria da graça não reagiu. correu para a cozinha e sentou-se para não desmaiar. o bicho foi ao encontro dela em alguns segundos. quer quisesse, quer não, o cão era como seu, afinado pelos seus passos para as quatro patas que mexia. ela viu-o bem visto pela primeira vez e gritou para o senhor ferreira que, afinal, a espreitava já na porta da cozinha, temos de lhe pôr um nome, há que saber como chamar pelo traste, para se habituar a ter-nos medo quando nos ouvir gritar-lhe. e o senhor ferreira respondeu, mas já lhe dei o nome, não ouviu, chama-se portugal. é como se tivesse nascido hoje ou, melhor, como se hoje fosse festa, digna de baptizado e tudo. e ela respondeu, então devia ser república ou implantação, qualquer coisa assim. mas seriam mais nomes para menina, e muito feia. nada disso, retorquiu ele, é portugal. e ela aceitou, respondeu, é nome de menino, embora feio. apaziguou-se muito pouco, de início, depois mais, e vendo o animal tão comportado disse, é um rectângulo castanho, um ridículo rectângulo castanho, deve estar cheio de pulgas e chama-se portugal. tem razão, é um bom nome. vamos dar-lhe banho.

era um cão afectuoso, muito esquecido de alguém que lhe podia ter servido de dono e todo entregue ao senhor ferreira e à maria da graça, como se visse nos dois uma unidade mesma e lhe adviesse dos dois uma energia igual perante a qual se comportava bem e agradecia com as mais delicadas atenções. a custo disso, a maria da graça amenizou-se grandemente, desde logo se surpreendendo a contemplá-lo e a encontrar no brilho do seu olhar um bem-estar raro. foi como, a partir daquele dia cinco de outubro, ela acreditou que o seu ofício naquela casa estaria facilitado pela cumplicidade muda do portugal. saía à rua para o passear, e pouco se importava por ter de levar pá e vassoura para limpar a porcaria que fizesse, era como aceitar tão natural frete em troca de quinze minutos de ar fresco e distância do maldito. dizia, anda portugal, vamos fazer chichi, e ela parecia aflita e o senhor ferreira dizia-lhe, cruze as pernas, maria da graça, ou ainda se molha por aí abaixo.

a quitéria dizia-lhe que lhe atirasse o cão para cima, quando dessem os esquentamentos ao velho, queria dizer. pois, chamas o bicho e fazes com que se ponha por ali ao meio, a estragar tudo. ninguém consegue nada com um cão a ver. e os cães começam a ladrar e assim a uivar. não entendem o que se passa. pensam que se estão a magoar e ficam desaustinados com tal coisa. ainda te ajuda, confirmava a quitéria, vais ver que ainda te ajuda. e a maria da graça sorria e respondia que não lhe estava a adiantar muito, no que a isso respeitava, porque o portugal olhava impávido, ali sem arredar pé. ui, que coisa suja, exclamava a outra, como se estivesse à espera de vez. cala-te, rapariga, respondia a outra, que até me enojas os pensamentos.

aprumaram-se de preto e seguiram no autocarro para vinhais. ai de ti se me metes numa trapalhada, ameaçava a maria da graça. nada disso, vais ver que não custa. amanhã às nove já lá estarão as pessoas e o funeral é às onze. vai ser dinheiro fácil. levavam um saco grande onde enfiaram uns xailes para se abafarem a dormir e uma garrafa térmica com chá quente. para mais, só teriam de estar na sala a velar para que a morta não se levantasse nem mais nada. era talvez uma ideia burra, essa de alguém querer que a morta ficasse na sala da sua casa à espera até ao último momento de seguir para enterro. mas parecia ser ideia do próprio padre, que a mulher teria morrido por esperar o marido, e até ao último instante ali havia de estar, como se ele ainda pudesse entrar casa adentro e, sobretudo, como se ela ainda pudesse ressuscitar para o receber e voltar a ser rotineiramente feliz. há uma facilidade tão aparente da ressurreição quando as pessoas acabaram de morrer. estão ali tão direitinhas, tão parecidas com o estarem vivas, e subitamente notamos que não se podem mexer nem dizer mais nada, mas se o fizessem seria tão natural, pensava a maria da graça. e ali estava a velha, à espera de que um grande amor a reclamasse de volta, e por coisa tão romântica, muita gente de vinhais se tinha oferecido para velar o corpo noite toda, mas, na hora de decidir quem afinal o faria, as vozes calaram-se, ocupadas todas com afazeres que, na verdade, não se davam nada para mais aquilo. por isso, a funerária pôs os pés ao caminho para que alguma profissional ali fosse. e o padre foi explicar-lhes, a dona albina faleceu sentada na sacristia de tanta tristeza. o pobre do senhor joaquim deve andar perdido, que foi a vila do conde para uns dias com o filho e, tendo de lá saído, não foi suficiente para cá chegar. um dia chega, mas já não vem para tempo algum, que aqui só lhe sobraram as paredes. a quitéria respondia, sim, senhor padre, sim, não se preocupe. e ele continuava, é gente que nunca aqui arranjou problemas e, não fora o filho doente da cabeça que lá têm para o pé do mar, nunca dariam conversa. e agora isto, pobre bininha, que deus a tenha muito guardada para nos vigiar a nós também, que muito precisamos. e a quitéria respondia, sim, senhor padre. a maria da graça calava-se, achava que a sala estava escura e cheirava ainda a algum cozinhado que não parecia natural perante tão definitiva razão para nunca mais comer. e o padre disse, as mulheres fizeram sopa, todo o santo dia aqui esteve gente. mas isto é uma terra pequena e, para passar a noite fora de casa, não há muito marido que o permita. a maria da graça e a quitéria entreolharam-se, lembraram-se de que, secretamente, eram umas putas, e sentiram-se ali como que abençoadas por o serem, tão sujas quanto necessárias até para as coisas mais encantadoras e sagradas da vida, como a morte.

sabes, quitéria, é uma velha com um ar pouco simpático. parece roída de raiva por alguém lhe ter roubado o velho. claro que o mais certo é ele estar com alguma doidivanas que lhe apanha a reforma e lhe põe toalhas mornas no meio das pernas. e isso já o consola. cala-te, quitéria, isto é tudo muito assustador, não me agrada nada estar aqui metida com a velha especada na sala. que importa isso, não é que se vá levantar, rapariga, sossega. isto é tão fácil que nem é fazer nada. metemo-nos cada uma num sofá e dormimos, se houver barulho havemos de acordar e deitar conta do que se passa. já viste os candeeiros. parecem bolos cobertos de açúcar. se a velha não tem cá ninguém, o mais certo é o padre deitar a mão a isto antes que para aqui venham os do estado. e achas que o padre fará mesmo tal coisa. entre um e outro, o padre ou o estado, que se matem os dois, nem pelos candeeiros eu quereria conversa com eles. que achas se abríssemos umas gavetas, quem sabe não há por aí o que nos possa aproveitar. não digas isso, não somos ladras. não é roubar, é aproveitar, que ainda calha de isto ficar anos aqui parado até que se decida quem lhe põe a mão.

nessa altura, está tudo velho e enferrujado. ainda assim, não é coisa que me pareça, seria roubar. que burra me sais, rapariga, vamos só ver. anda ver. grandes facas, isto é de assassino. a minha balança está estragada, mas esta é muito velha. olha os copos, isto nem no tempo da minha avó, que idade terá mesmo a morta. os mortos não têm idade. quê. é uma ideia. que quem está morto já não tem idade. assustas-me. chiu. ouviste. não. pareceu-me ouvir alguma coisa. quem dera que seja um homem e nos viole. cala-te, és tão estúpida. e tu pior, que te apaixonas pelo estupor de um velho que te come com um dedo mindinho e cheira mal. ele não cheira mal. chiu. outra vez. será o marido que voltou. não. nada disso. é lá fora. deve ser alguém a espreitar. vamos ver à porta de entrada se ouvimos melhor. deixa ver se a velha está ali quieta. claro que está quieta, que querias que fizesse, só sabe estar quieta, mais nada. és insuportável. que parva. chiu. deve ser um gato. raios partam. sabes, não quero levar nada desta casa comigo, parece que estou a levar um souvenir, entendes. quê. uma lembrança. não quero nenhuma lembrança da vida ou da morte desta mulher. bastam-me as minhas coisas, as minhas pessoas, o que tenho de carregar na cabeça para o momento em que morra. não quero nada daqui. tu estás cada vez mais esquisita, vou ter de me começar a preocupar contigo. não estás em modos. isto está cheio de gatos. não é marido, nem espreita, e muito menos um violador. vamos ter de secar as duas sem qualquer diversão. tens a certeza de que nos pagam cem euros. sim. cem euros. bem bom. e o maldito. disse-lhe o que me mandaste, que uma prima minha morreu. fizeste bem. e ele que se habitue, as tuas primas estão todas muito velhas e vão começar a morrer agora. vai ser uma tristeza. chiu, não te rias, é feio. o quê. rir, aqui, está a mulher morta. olha, rapariga, que se ria ela no céu com a nossa conversa cá em baixo, que não é por lhe faltar ao respeito. pois, coitada, morrer de amor, à espera. isso de esperar é que me dói. morrer de amor tem de ser no acto, isso, sim, é morrer de felicidade. agora morrer à espera, é do pior. fico a pensar que está no céu sentada eternamente de braços abertos para um marido que não chegou. que horror. está com cara de má, não achas. acho. está zangada, e se não tivesse morrido havia de estar na fase do rolo da massa. isso, dava-lhe tantas. era bom de se ver, ele a chegar e a levar umas bem dadas para aprender a não ser galdério. olha quem fala. fala por ti. e por ti. por ti. merda, e por ti. cala-te. estás a fazer-te de esquisita. chiu. ouviste. sim. não foi um gato. ai, cala-te, rapariga, que até me assustas. chiu. ouve cá, ó maluca, faço isto há anos, e às vezes sozinha, e nunca me foi de dar medo, por isso relaxa, não me venhas atormentar. juro que ouvi. também eu. mas deve ser alguma coisa lá fora. sim, claro que é. mas o quê. um homem, um homem, por favor. chiu. outra vez. achas que é o marido que não tem coragem de entrar. não. já deve saber que ela está morta, se tiver chegado a vinhais, a cara dela está em todos os cafés, em todas as montras, por isso, haveria de entrar sem grande medo. pobre coitado. vai matar-se de remorsos. vamos beber chá. isto de me assustar dá-me frio. estás toda a tremer. é de frio. de medo. de frio. assustei-me com o barulho, mas não estou com medo. que cagona. burra. cagona. senta-te e abre as pernas. não te rias. não és tu que achas feio rir diante da morta. abre as pernas para pôr a garrafa. acho que vou buscar chávenas lá dentro. eu não quero. porquê. faz-me impressão. tu é que és impressionante. isso sim. mas não o suficiente para deslumbrar deus. quê. é uma ideia. ainda tenho de me habituar a tu seres uma mulher de ideias. e que mais. olha, sabes que hoje em dia se armazena informação que nunca, em toda a eternidade, vai voltar a ser consultada. quê. ando com isso na cabeça. tu andas é com o maldito na cabeça, não pensas noutra coisa. é que com isto da informática tudo se regista, do mais importante ao mais insignificante. desde as coisas do estado até à rotina dos adolescentes. e muito do que se regista não será mais consultado, porque não haverá ninguém com interesse ou sequer com tempo para o fazer. que angústia. é como haver muita gente a querer deixar uma marca para o futuro e o futuro estar sobrelotado. está cheio, não é suficiente para toda a gente. pois a mim parece-me bem morrer e mais nada. sim, morrer e ficar mortinha sem mais aborrecimento, nem o de alguém se ocupar comigo. depois de mortas, havemos de estar melhor, nem sou de querer deixar rasto onde só nos tramam. pois, eu também acho. é verdade, morre-se e tudo há-de ser melhor. e se o são pedro for um filho da mãe todo convencido. quê. assim como um porteiro de discoteca, sabes, à espera que mostres uns cartões de cliente, umas tretas daquelas que só se dão aos amigos cheios de notas, com ar de gases à solta e com palavrinhas à maneira. quê. que linguagem. eu tenho sempre um sonho estranho no qual o são pedro não é exactamente simpático e a entrada no céu é complicada, como se ainda tivéssemos de prestar provas de mérito que, à falta sobretudo de reacção, facilmente chumbamos e nos obrigam ao inferno. porque é que tu não sonhas com homens. é tão mais fácil. chiu. porra, que grande merda. agora foi forte. é alguém que anda lá fora. estou com medo. eu também. ai quitéria. que vais fazer. chamar a polícia. deve haver aqui polícia. o telefone ainda funciona. telemóvel. foi na frente. deixa ver a velha. está direita. ui, que cara de má. sai daí. ainda começas a ter medo dela. era só para garantir que está bem. foi para isso que aqui viemos. cem euros. caramba, mas estamos a pená-los bem penados. chama a polícia, nem que seja para apanharem os gatos. espera. é um gato. ouviste. agora miou. é um gato. olha. caramba. parece um tigre. pois. e em cima das tralhas ali fora ainda mais forte parece. achas que devemos enxotá-lo. não quero ir lá fora. nem eu. pensei que não tinhas medo. é feio rir. não me estou a rir. senta-te. cala-te. só me enervas. sabes que acho que a velha está cada vez mais feia de má. parece que tinha um filho, ou tem. pois, foi o que disse o padre. e onde está. deixou o emprego e desapareceu. trabalhava num banco, em vila do conde. maluco da cabeça, toda a gente o sabia. deve ter sido ele a lixar a vida do pai. não é que o tenha matado. ou então foi. achas. claro, se não voltou, deve estar a boiar num rio. o rio ave. a ver se levanta voo mais depressa para a terra das almas. um filho é sempre um filho, não mata os pais. cala-te, que ideia mais estúpida. o meu pai era um cretino, que se foda, ainda bem que morreu e que existe inferno para almas assim. não existe inferno. é claro que existe. nada disso. és burra, o papa anda para aí a dizer que acabou o inferno que é para o povo viver sem medo e deixar mais esmolas de contente, mas na hora certa vais ver como te queimam o rabo nas chamas. a mim não, que, além de ser aflitinha das carnes, não faço mal a ninguém. se tu fores para o céu, eu também vou. só tenho de descobrir como passar pelo estupor do são pedro. ai, rapariga, como tu estás, não praguejes aqui, que diante de um morto os ouvidos de deus estão atentos. achas que podemos dizer coisas de propósito para ele ouvir. sim, acho que sim. nunca pensei nisso. e que queres tu dizer. não sei. pois eu lamento ter sido dura com o andriy quando ele interrompeu o acto para pensar na tristeza da família que deixou na ucrânia. quê. agora sinto-me culpada. e porque foste estúpida com ele.

porque eu estava acesa, e ele a pensar e nada, nenhuma alegria nas pernas. e achas que, dizendo isso agora, deus vai a correr entregar-lhe as tuas desculpas. se calhar não era sobre isto que devíamos falar. e se o filho volta. quê. o filho. desapareceu, pode vir para cá. ai, rapariga, pode ser ele lá fora. chiu. não foi nada. tinha um metro e noventa e sete, a esse é que deve sobrar pila. que ideia mais antiga. isso não é bem assim. falou a especialista. chiu. filho da puta de gato. que filho da puta. vamos lá fora dar-lhe com uma vassoura. anda, cagona, vamos pô-lo a correr. vamos, não sou de fugir a nada. e se for o gigante. cala-te. anda cá bichano, vou abrir-te ao meio, cabrão. chiu. é melhor voltarmos para dentro. quê. não vejo o gato. está escondido, não é estúpido. olha lá, rapariga, faz-te homem, não me atormentes agora, tu faz-te homem. isto está aqui um silêncio grande, não é boa ideia ficar cá fora. só tenho pena de ele não se mostrar, mandava-lhe uma corrida que havia de o apanhar à paulada. que ganas. chiu. que foi isto. foi lá dentro. achas que o gato entrou. não podia. mas foi lá dentro. olha, daqui ao carro são cinquenta metros, por mim é já. que dizes, e a velha, tu estás louca. íamos só procurar a polícia. fica quieta. vamos ver se a morta está direita ou lá se vão os cem euros para cada uma. tenho medo. espera. eu também. não te rias. acho que me estás a gozar com isto tudo. sossega, rapariga, sossega. vamos à velha, que cá para mim se está a rir de nós. com cara de má. devia ser má pessoa. raios partam isto, eu nunca gostei de vinhais. não mintas, até gostavas de um tal eduardo que te ia a casa visitar. ainda te lembras dele. claro. era muito bonito e quando o deixaste ainda me quis a mim. e tu. mandei-o passear. já não me lembro disso. pois não, tu só pensas em ser violada e ir para o céu. não dás uma boa carpideira, se calhar. para se ser uma boa carpideira é bom acreditarmos que a vida nos sobra, para não nos confundirmos com o cliente. não fales assim, tomara à velha não ser nossa cliente. se isto for um gato, juro-te, vou cozinhá-lo no microondas e quero ficar a ver. coitado. pode ser que a velha tivesse um bicho apegado, e agora anda para aí desesperado sem perceber o que fazer da vida. os gatos não se apegam, são maus. odeio gatos. pois eu não odeio, só não me chamam muito. dizem-te miau como dizem a toda a gente, que te haveriam de chamar. tranca a porta. e cala-te também, isto não é nada. deve ser coisa da casa ou da vizinhança. vamos dormir, mais depressa daqui saímos. mas tenho medo. também eu. caramba, um rio ave, como se um rio pudesse voar com peixes e barcos e tudo lá dentro e passar-nos por cima da cabeça sem se entornar. a voar, quitéria, que coisa incrível.

a ekaterina foi levar o andriy ao comboio que lhe roubaria o filho para kiev. comprou com ele o bilhete e perguntou-lhe mil vezes se levava as indicações do avião com que sairia depois do país. o andriy respondeu mil vezes que sim, que estava tudo bem e que correria tudo bem. levava o pouco dinheiro repartido pelos bolsos e pelas meias e prometia regressar em breve. a ekaterina via partir o filho como se entrasse pela terra adentro morrendo e não havia como consolar-se de sentir o corpo dele afastando-se do seu. não choraria mais do que o razoável, porque era imperioso que ele conseguisse fazer aquela viagem e se mantivesse corajoso para um tão importante momento da sua vida. mas não deixaria de entrar em colapso, quando o comboio virasse lá mais adiante e o andriy não a pudesse ver e não tivesse como saber que cairia sobre as pernas, tão sozinha e aflita na korosten subitamente devastada para si. o comboio saindo e ela pensava ver os seus braços crescendo como elásticos acompanhando o ar quase assustado do filho. com aquele comboio seguia o seu próprio corpo e a distância não haveria de rebentar tal elástico, pensava ela melhor. vais ser sempre o meu querido filho, andriy, e vou sofrer pela tua ausência como só sentirei felicidade quando souber que estás bem.

em korosten a população habituara-se já a ver partir as suas gentes e não era novidade uma mãe caída diante das linhas de comboio, a ver os trilhos como um fio de ligação ainda com os filhos. a ekaterina levantou-se apoiada pela mão de alguém que lhe disse algo a que não prestou atenção e sentou-se um pouco à espera de sair debaixo das lágrimas. emergiu um tempo depois. era vital que voltasse para casa, porque o sasha estaria desaustinado de encontro às paredes por perder assim o andriy e não o poder sequer acompanhar como a esposa fazia.

competia-lhe a ela encomendar ao filho todos os cuidados finais, talvez aqueles que ele melhor lembraria e mais uso teriam. era muito importante que estivesse alerta para cada perigo, porque o sonho de ir trabalhar para portugal ainda acarretava a viagem, a saída da ucrânia e o caminho haveria de estar infestado de inimigos.

a ekaterina havia pedido ao sasha para não assustar o andriy. este estava perfeitamente habituado à loucura do pai, mas era triste que tivesse de ir embora reconhecendo uma vez mais o terror na cara daquele. por isso, na noite anterior, a ekaterina conversara longamente com o sasha antes de dormirem. explicou-lhe que no dia seguinte era importante esquecer o inimigo, não falar dos soldados, não assustar o andriy, porque ele precisava de coragem para ir para muito longe e haveria de a conseguir se eles, os seus pais, lhe dissessem coisas boas e o ajudassem a acreditar que tomara uma decisão directa para a felicidade. o sasha disse muitas vezes que sim, que ela tinha razão e que não haveria de preocupar o filho com coisa alguma. dir-lhe-ia sobre o orgulho que sentia ao vê--lo adulto e capaz de ir sozinho lutar pela vida. dir-lhe-ia que o amava e mais nada. deixaria mesmo que a porta de casa se fechasse perante o seu sorriso terno e sincero.

quando o andriy beijou o pai, um toque leve na cara, preparava-se ainda para o abraçar, mas o sasha turvou o olhar e desatou aos gritos. na sua cabeça, os soldados iam apanhar-lhe o filho e matá-lo mesmo antes de passar a fronteira. para o sasha, o andriy não chegaria a ver portugal, porque haveriam de o abater cruelmente, os pulhas, porque não paravam mesmo diante de um inocente. o andriy estava habituado a tudo aquilo, ao pânico contínuo do sasha, aos gritos, mas era verdade que no momento da partida cada coisa lhe parecia eterna, como se houvesse o sasha de ficar aos gritos noite e dia para sempre. e a ekaterina suplicou-lhe que se acalmasse, que ia ficar tudo bem, e o sasha escondeu-se no canto mais obscuro da cozinha e jogou as mãos às paredes fechando os olhos como fundindo as pálpebras e dizendo, vêm buscar-me agora, ekaterina, eles vêm buscar-me agora e vão matar-me.

para chegar a portugal, com o nome de um russo mikhalkov apontado e um número de telefone, o andriy haveria de fazer um trajecto complicado. o dinheiro que ele e a ekaterina puderam juntar não seria suficiente para a viagem mais directa, havia que mudar de meios de transporte e esperar. para esse exercício, o andriy levava um bloco de notas onde anotara, e constantemente fazia revisões, todos os horários a atender e todos os locais onde precisava de estar. entre as folhas daquele bloco, descobriu apenas durante o percurso, o sasha escrevera, amo-te andriy, imagina-me a sorrir.

eram três da manhã quando o sasha se levantou e se sentiu lúcido. lembrava-se de tudo quanto a ekaterina lhe pedira e estava convencido de que seria capaz de todos os cuidados para deixar o filho partir sem o preocupar. mas pensou melhor e sentiu-se feliz pela ideia de lhe escrever no bloco de notas o modo como queria ser lembrado. pensava o sasha que o dever de pai o obrigava a sorrir no momento em que o filho lhe virasse as costas. pensava que talvez a sua cabeça não lhe permitisse mostrar ao andriy o quanto era um bom pai. escreveu aquele recado e agradeceu-se infinitamente por aquela tão ínfima oportunidade de provar ao filho o seu amor. escreveu aquele recado e voltou à cama, onde a ekaterina acordara perguntando, aonde foste, sasha. e ele dizia, fui ver o andriy, tenho saudades dele.

no caminho da estação de comboios até casa, a ekaterina foi secando as lágrimas e pensando nos dias sem o andriy, o contínuo dos dias sem aquele filho, o único, por perto. o tempo haveria de ser apenas o envelhecimento impiedoso, nada mais. o sasha talvez piorando, pela idade e pela tristeza também, e ela cansando-se até morrer esgotada, sem mais energia. a ekaterina afastou--se mais e mais da estação, fuzilada pela luz pálida de korosten. cravando-se no seu peito esperança nenhuma de voltar a ver o seu filho. quando abriu a porta de casa, o sasha estava desmaiado no corredor. ela tomou-o cuidadosamente e pô-lo na cama. deu graças a deus por aquele breve silêncio e olhou para as coisas, pensou entrar no quarto do andriy mas achou que não era ainda o momento de se suicidar e sentou-se. a cozinha estava quieta como nunca. ela voltou a pensar, nunca mais vou ser capaz de entrar no quarto do meu filho. o sasha despertou, chamou pelo seu nome, ela levantou-se e a vida passou a ser assim, parada entre apenas eles dois até que o desespero não permitisse existir mais nada.

o andriy encostou-se um pouco à parede azul, junto à janela. através da cortina via quase nada do que lá fora se passava, recebia apenas a luz, como se ali pudesse mudar de pele, ser outro. e a quitéria dizia-lhe que ele, de pele tão clara, podia ser um albino num país como portugal. o andriy sorria. ficava parado sem muitas palavras, o corpo longo equilibrado com alguma preguiça, o sexo pequeno e ela pensando novamente no que havia acontecido. não estaria à espera de grandes filosofias num momento de oferta tão gratuita de sexo. ele não fumava, mas parecia fumar, como até satisfeito, sem estar à espera de nada, apenas a gozar o instante. seria porque lhe fugiam as forças e o mais que podia, o que queria, era ali ficar sem pretexto, sem argumento maior do que esse, o de querer e poder ficar. e ela acalmara-se dos desejos de que se acometera e estava mais humana, a desviar dele o olhar para não o estigmatizar e falando de tudo um pouco, ainda que sem grandes respostas por parte do rapaz. não importava, pensava ela, que ele tivesse perdido a erecção tão desde o início e não tivesse chegado a meio e menos ao fim. não importava, coisas assim faziam parte da natureza dos homens. por isso, ele haveria de ficar bem e até de voltar e fazer tudo como não o fizera daquela vez. isto é que está a ser um inverno dos frios, comentava ela. imagino que para ti não seja de mais mas, para nós, é terrível. e a casa dela não tinha aquecimento, pelo que o corpo nu dele parecia esfriar mais ainda o quarto, como se a pele descoberta fosse indutora de todo o frio da casa e prejudicasse gravemente a beleza de ali estar aquele homem nu. o andriy aproximou-se então da cama e desculpou-se com a verdade, eu estar não feliz, meu pai mais doente e minha mãe com maldade em ucrânia. eu pensa nisso sempre e não tem pensar outra coisa. a quitéria não seria dotada das melhores maneiras, como até ela percebia, e questões de dinheiro accionavam em si uma reacção violenta que, para defesa do seu mundinho contido, assustava quem ela julgava pedir-lhe financiamento. e respondeu, não penses que te vou pagar pelos serviços, não sou mulher de pagar por sexo e não entrarias na minha casa se te tivesses apresentado como uma puta. e ele recuou. os olhos vidraram-se, humedeceram levemente e perceberam a distância de anos luz a que estava daquela mulher e o quanto fora ingénuo por lhe ter falado dos seus problemas. começou a vestir-se com acelerada necessidade de se pôr lá fora, sabia, tão ali à mostra, que ainda que fossem duas pessoas de um grande mundo, tinham evoluído como dois bichos diferentes, feitos de cabeças muito distintas e amadurecidas por processos tão díspares que qualquer semelhança entre eles não deveria ser procurada para além do encaixe anatómico que favorecia o sexo, e mais nada. mais nada, dizia-lhe ele, não quer falar mais nada. eu sair agora e desculpa. e a quitéria enrolava-se num robe barato e calçava uns chinelos garridos e não sabia se o devia impedir de sair tão abruptamente. no imediato, achava que fora necessário colocar-lhe aquele travão, não fosse ele julgar que se serviria da intimidade física com ela para lhe sacar um bem-estar pelo qual lutara a vida inteira. por outro lado, o rosto pesado do jovem rapaz, as poucas palavras e as frases tão dificilmente construídas mostraram-lhe que ele estaria como um peixe fora de água, ali tão reduzido à sobrevivência, apenas um animal a precisar de respirar.

    a maria da graça compreendia que a amiga se defendesse e, para ser explorada, já lhe bastara o passado, com as vezes em que fora assaltada e os patrões que não pagaram e até o ter de acompanhar mortos e, em última análise, ficar impregnada das energias das suas almas, como se acumulasse fantasmas e tivesse de os gerir na sua cabeça felizmente tão positiva. e a quitéria acrescentava, não me fales do passado, que a morte dos meus pais e o desaparecimento da glorinha me custaram as forças todas. e a tua irmã, perguntou a maria da graça, achas que um dia te aparece por aí. não, respondeu a amiga, deve estar morta atropelada por algum camião, se deus quiser. não digas isso. a glória fugiu, graça, e quem foge não é por vontade de voltar.

depois ficaram caladas, pensavam com mais sensibilidade e voltavam atrás. era certo que o andriy vinha de longe e, incapaz de falar bom português, acabava por lhes parecer substancialmente mais inapto do que seria, como se fosse sempre cómico, mesmo quando necessitado de ser sério, perdendo tanto a possibilidade de convencer os outros sobre a seriedade dos seus assuntos como, sobretudo, da inteligência do seu pensamento. o quê, perguntava-lhe a quitéria. que falar uma língua que não é a nossa, que ainda mal dominamos, nos obriga a parecermos tontas, muito menos inteligentes do que na verdade somos. e a outra pensou um pouco, não havia nunca colocado a questão de saber se o amante seria particularmente inteligente. para ela, ele estaria bem assim, mas era revolucionário ponderar as coisas daquela maneira. se o andriy falasse um português perfeito, e perfeitamente o entendesse, o que lhe diria a ela. bastar-se-iam ao acerto da compra dos preservativos e ao estarem de pé ou deitados no momento do sexo. ou seria possível que ele lhe perguntasse solenemente sobre os seus sonhos, ou lhe explicasse importantemente a grande fome ucraniana dos anos trinta do século vinte. a maria da graça enroscava-se melhor no seu xaile e já não respondia. não se sentia com razão nenhuma para discutir amores e frescuras de desejos. para ela, bastava-lhe o senhor ferreira que a atordoava de todas as burrices. com ele, confessava, sinto-me ainda mais burra, e nem é por me pregar sermões com coisas da cultura mais requintada, é porque me obriga a gostar dele sendo um impostor mandão e velho.

a noite ia passando sem que nada de facto acontecesse. já sem mais barulhos, de gatos ou maridos regressados ou filhos pretensamente assassinos, a noite ia estando quieta, igual à velha albina ali deitada com o seu ar antipático. e as duas resmungando as suas vidas até caírem extenuadas de sono, já muito mais tarde do que poderiam imaginar. seguramente não lhes faltaria conversa para continuarem acordadas, e isso provava o quanto se atiravam aos ouvidos uma da outra, relatadas de todos os anseios e defeitos sem segredo, constantemente reaproximadas numa amizade de sempre e para sempre. e a maria da graça entrava para o sono com aquela certeza quase absoluta de que, naquele lugar, os ouvidos de deus tão atentos, sonharia com a porta do céu e talvez lhe fosse concedida alguma solução, uma resposta mais satisfatória que lhe permitisse seguir a vida sem tão constante angústia. assim começou a ver o alarido dos charlatães, e reconheceu o muro e a porta bem guardada. e, quando julgou pisar a pedra da praça onde todos estavam, a luz apagou-se drasticamente, como num filme, e o seu olhar buscou a janela e o corpo do maldito nu, encostado a pensar na mãe que estaria em apuros num lugar longínquo. a maria da graça sonhou que o senhor ferreira teria algo do andriy, como desejando que o velho revelasse uma fragilidade escancarada, exposto diante dela apelando, apenas como um garoto em busca de colo. e ela pensava que o acolheria, que lhe daria uma chave de casa e que tomaria a mãe dele como sua e faria tudo para a ajudar, dando-lhe dinheiro, dando-lhe todo o dinheiro e saúde que tivesse.

de manhã, muito cedo ainda, o padre luís entrou na casa da bininha para encontrar as duas mulheres a dormirem ferradas, sem reacção perante o barulho da porta a abrir ou da voz que as chamava. a velha estava parada como lhe competia, mas de expressão assustadoramente mais grave, como se azedasse na morte, como se ficasse cada vez mais furiosa. e a maria da graça dizia, deve estar a saber algo que não sabemos, algo que a revolta. e o padre apressava-se, não será nada disso, os cadáveres têm sempre reacções, são gases, líquidos, movimentos vários que os modificam. talvez façamos a missa com o caixão fechado, rematou. pois se a esta lhe continuarem os gases a bulir, vai ser de aterrorizar o povo, nem ninguém mais lhe vai querer rezar, de tão enjoada figura, disse a quitéria. afastaram-se. logo entraram os homens que levariam o caixão para a igreja e ali ficaria para o funeral às onze da manhã. e agora, perguntou a maria da graça. vamos lavar a cara e ala para a igreja, que falta só o mais fácil, respondeu a outra. a dona albina trancou-se no almofadado caixão e seguiu às escuras para a igreja, com o padre luís a instruir os homens e a pensar no facto de ser verdade o nunca ter visto morta tão a enfurecer-se como aquela. tão doce senhora, tão apreciada e amigada com toda a gente, que raio poderia ter acontecido ao marido que nos queira dizer e não pode, perguntava-se.

 o andriy entrou em casa e prostrou-se na cama. ficou de botas no ar, o corpo grande de mais a ocupar o tão exíguo espaço da sala. dividia um pequeno apartamento, de apenas dois quartos, com outros cinco homens, e a ele tocara-lhe dormir na sala, ao lado do mikhalkov, o russo que lhe falava das portuguesas como porcas. o andriy não estava com vontade de ouvir nada. ficava masculino, calado de chumbo a querer empedernir para secar todos os sentimentos. se pudesse, esquecia-se de ser emotivo, gostava de acreditar que a vida podia existir apenas como para uma máquina de trabalho perfeita, incumbida de uma tarefa muito definida, com erro reduzido e já previsto, e com isso atender ao mais certeiro objectivo, enviar algum dinheiro para a família na ucrânia, e nem pensar muito nisso e nunca dramatizar a questão. depositar o dinheiro, saber que seria levantado lá tão longe, e mais nada, pensar no acto como um ofício a mais, um item nos seus afazeres. retirar daí a felicidade das máquinas, uma espécie de contínuo funcionamento sem grandes avarias ou interrupções. a felicidade das máquinas, para não sentir senão através do alcance constante de cada meta, sempre tão definida e cumprida quanto seria de esperar de si. as botas suspendiam-se e ele começara a balançá-las muito lentamente, como a criar um embalo, e talvez pudesse chorar. o mikhalkov estaria em casa em muito pouco tempo, assim como os outros, e ficar para ali a chorar seria deitar por terra a regra mais básica da sobrevivência e progressiva metamorfose para máquina. o que diriam os outros se o encontrassem ferido de saudade ou tão injusta condição. era melhor que empedernisse verdadeiramente, muito masculino, um corpo bruto, por mais belo e claro que parecesse, preparado para abrir caminho na ferocidade de um país alheio. e o mikhalkov contava-lhe tudo sobre as mulheres portuguesas e o andriy sorria, como sempre, já tão desimportado com tudo isso. discutiam a facilidade das gordas portuguesas, atacadas de pequenez e redondas formas, e como haveriam elas de não sucumbir aos homens de leste, aperfeiçoados ainda pelo trabalho duro que, nos primeiros anos, lhes conferia a definição dos músculos e lhes morenava os rostos. o andriy já havia pensado que o melhor de ter entrado em portugal estaria nessa transgressão fácil das alianças nacionais, para se colocar acima das convenções sociais que, para ele, não precisariam de significar nada. era dizer que as mulheres lhe apareciam como iguais, sem vínculos a outros homens, apenas estariam diante dele como um corpo a usar. com o tempo, nos dois anos que já levava de portugal, agudizaram-se as faltas de tudo quanto deixara na ucrânia e ganharam relevo os rostos das pessoas portuguesas. já não seriam todos tão semelhantes, vinte centímetros abaixo do seu queixo. alguns começavam a fazer sentido como universos de luz, independentemente da pele mais escura, o cabelo preto, os olhos quase tristes e tão latinos. o andriy parava o pensamento na quitéria e pensava no que ela teria de reles empregada doméstica. depois repensava, uma doméstica estúpida que não tem consciência do que é lutar pela vida quando tudo o que resta é exactamente o estar vivo, e não ter mesmo mais nada. depois repensava, era uma estúpida e puta. porque sabia que ela recebia outros rapazes e não estava nada preocupada com conversas, era para o que iam lá os homens, cama e só. com isso, talvez se devesse sentir menos ofendido, depois de a ter desprezado e considerado indigna da sua companhia. mas não era a memória do polido das relações na ucrânia, nem dos estudos rigorosos que por lá se faziam, que o convenciam intimamente de que a quitéria seria pior do que ele. poderia ser que ela tivesse apenas por vantagem a sorte de não ter saído do seu próprio país e falar de berço a língua de toda a gente com quem se cruzava no quotidiano simples que vivia. poderia ser que ela na ucrânia também fosse desajeitada como ele, a parecer engraçada quando falasse e até ridícula. podia ser que não. uma mulher encantadora em todas as regiões e línguas do mundo. a ordinária da quitéria, que se ofendera com ele por lhe descerem as vontades quando a ela lhe subiam até à febre. e o mikhalkov entrou, lavou das mãos o cheiro de uma gorda portuguesa e riu-se alto. todos os dias sobrevivia a partir daquela caça. o andriy rodou sobre si, parou de balançar as botas e adormeceu.

a maria da graça escolheu o lugar da janela no autocarro de regresso e a quitéria fungou qualquer coisa, pouco agradada. esquece, rapariga, acabaria por dizer, fica quieta, estou a pensar. em que pensas, perguntou-lhe a maria da graça. no rapaz, no raio do rapaz. és sempre tão segura de ti, uma quarentona de muita escola, porque haverias de estar com problemas de consciência agora. a quitéria não sentia qualquer paixão pelo andriy, não sentiria nada senão desejo, e a beleza dele, no esplendor dos seus vinte e três anos, era ofuscante para as necessidades sexuais que com ele satisfazia. era isso. era apenas isso, um homem jovem, forte, ávido, profundamente belo, que ela recebia para, com todos esses atributos, se deixar enlouquecer de prazer. estava tudo tão distante do amor que até da amizade lhe terá parecido ver distância. mas era, de facto, um miúdo. aos vinte e três anos a quitéria estaria nas casas a limpar pó, aspirar, passar a ferro, mas estaria algo embelezada pelas fantasias que os pretendentes lhe traziam. pensou, se me pusesse a milhares de quilómetros de casa, a carregar pedras o dia todo e a minha mãe adoecesse, se a minha mãe fosse importante para mim, porque não o diria ou, na verdade, porque não perderia por uma vez a vontade de ter sexo com alguém.

mas o andriy não era importante o suficiente para a quitéria ao ponto de esta se mexer para se desculpar. o mais que fez foi reconhecer para si mesma o gesto errado e atirá-lo para o passado como se enviasse um pensamento para o espaço e julgasse assim apaziguar as energias do universo. não veria o rapaz por semanas, até ele lhe aparecer numa esquina, carregado com uma cadeira pequena e já antiga. num primeiro segundo, a quitéria desviou o olhar, como à procura de um ponto de apoio depois de um clarão que lhe encandeasse os olhos. depois fixou-o, já ele parado de pouca expressão e mais em jeito de quem queria passar do que de quem diria algo. e ela disse, fui uma estúpida contigo. e ele repetiu, estúpida. e ela continuou, não sou lá muito inteligente, às vezes, sou uma rapariga esperta, mas não de grande inteligência. ele pousou a cadeira no passeio, ficou a descortinar a diferença que existiria entre a esperteza e a inteligência e parecia entender. a quitéria resmungou, provavelmente nem entendes o que te estou a dizer. talvez seja melhor dizer-te apenas que fui estúpida. e ele repetiu, estúpida, sim, profundamente sem saber que lhe poderia dizer, ao invés, que aceitaria aquela abordagem como um pedido de desculpa e, na verdade, perversamente olhando a quitéria como aquela portuguesa ridícula que se humilharia para voltar a ter sexo com um jovem como ele. voltou a pegar na cadeira, seguiu caminho sem um sorriso e sem voltar a cabeça. incrivelmente eficiente no papel de quem não amava a quitéria e se portaria como uma máquina de trabalho a caminho da felicidade e mais nada.

naquele dia, ela sentou-se nas traseiras do prédio e esperou por que a maria da graça se lhe juntasse, mas esta não saiu de casa, nem se apercebeu da solidão da outra. a noite caiu muito fria e poderia ser que algum outro moço lhe enviasse ainda uma mensagem para o telemóvel em busca de uma hora de diversão. mas nada. a noite ficava mais fria e ela ali sentada. não lhe ocorria recolher-se, proteger-se no conforto da casa, ver um filme e adormecer acabada do cansaço de todos os dias. sem querer, a quitéria achava que o andriy era um idiota, porque não reagira como um homem no momento em que se tratara por estúpida. competia-lhe dizer-lhe que não, inventar que fora tudo um equívoco, informar que o seu pai estava melhor e aparecer mais tarde, para impedir que a noite a humilhasse com todo aquele frio, como descendo um poço sem parar, sem poder recusar descê-lo, exíguo, sem bem entender porquê.

àquela hora, a maria da graça levava as mãos ao pescoço e começava a perceber que morreria. a vida não lhe duraria interminavelmente e aos quarenta anos, era verdade, estaria quase no fim. o senhor ferreira, vindo-lhe ao de cima todo o suspeitado lado obscuro, atirava-se a ela com um punhal longo e afiado. abria-lhe o corpo de cima a baixo enquanto ela pedia ao são pedro que visse tal acto e medisse tal fúria para se apiedar da sua alma. o santo homem, preocupado com as admissões à porta do céu, ouvia pouco o que a mulher lhe gritava, ou não fazia caso, e o senhor ferreira investia mais e mais, até impossivelmente o corpo dela resistir. até que a sua própria consciência percebesse que o sonho exagerava no efeito cruel, porque ninguém sobreviveria tanto tempo a tantos e tão duros golpes. sentindo-se ser morta, a maria da graça sabia não estar a morrer, mas garantia-se de que o aviso estava feito e, de olhos abertos na escuridão, o suor no rosto por tão grande susto, decidia mais uma vez depositar-se nos braços do maldito, o seu amado futuro assassino. não sorria, começava a chorar por acreditar que o amor era sempre igual à morte.

o pai do andriy chamava-se sasha, que era o nome pequeno para aleksandr, e ficara em korosten fechado em casa para que ninguém o descobrisse. a mãe do andriy, ekaterina, adoecia dramaticamente, incapaz de seguir com o seu empenho em convencer o sasha de que ele não assassinara ninguém. todos os dias, este escrevia mais uma página no seu destino, afirmando que korosten estava cercada de soldados que viriam para o prender e torturar. ele não confessaria, nem aos pensamentos, que importantes informações possuía sobre o inimigo, e a única coisa de que se lamentava, e pela qual esperava pagar, tinha que ver com o facto de ter matado um homem. a ekaterina dizia-lhe que não, isso não, sasha, é coisa da tua cabeça. foi um pesadelo. e ele calava-se um pouco, reconhecia na mulher uma enfermeira, um anjo, e fechava-se sempre outra vez no seu mundo de ideias nenhumas sobre a realidade. era assim havia cerca de vinte anos. o andriy sentado à mesa e a mãe a explicar-lhe que devia comer e que não precisava de se preocupar com o pai, nem com o que lhe dizia. deixa-o estar, logo mais vai dormir uma sesta e fica calmo. o andriy saía para a escola e levava dentro de si o estranho aviso do pai, se te perguntarem o nome, inventa, se te quiserem seguir até casa, foge, se te oferecerem algo, deita fora. eles vão matar-nos. eles querem matar-nos, andriy, meu querido filho, não os deixes fazerem-te mal. a ekaterina punha-lhe as mãos na cabeça, afagava-lhe os caracóis fartos, beijava-o de leve e dizia-lhe, andriy, já sabes como as coisas são, lembra-te, e vá, apressa-te. tens aulas daqui a pouco, quero-te na escola atento, não te preocupes com o resto. o rapaz saía de casa assim, sempre tentando sobrepor o juízo da mãe ao do pai, imaginando que, de facto, o sasha dormiria de tarde e estaria mais calmo à hora do jantar. sabia bem, no entanto, que uns dias era daquele modo, outros não.

foi a meio de uma noite que o sasha acordou e se levantou no escuro, ofegante e a percorrer as paredes com as mãos. dizia ininterruptamente alguma coisa que não se tornava perceptível. a ekaterina acordou sobressaltada e acendeu a luz do pequeno candeeiro na mesa-de-cabeceira apertando o coração ao ver o marido naquele desnorte tão angustiado. sasha, chamou-o, que foi, sasha, que foi. ele não se ateve mais do que um breve instante, talvez o suficiente para entender se a voz dela seria ainda a do inimigo perto de si. e ela insistiu, levantando-se e buscando-o, sasha, meu amor, o que tens. parecia dizer, matei-o, eu matei-o, e depois debelava-se no ar com a necessidade de abrir uma porta invisível. não procurava a porta do quarto, tão ali definida, mas sim uma outra, que alguém teria disfarçado para que ele não pudesse fugir. e o andriy veio pequeno para o corredor e chamou, mãe, pai. e o sasha parou. subitamente, gritou, matei um homem, ekaterina, esta noite matei um homem.

quando o sasha acalmava, a ekaterina reconhecia-o levemente. sabia que aquele ainda era o seu marido, o homem que amara e que, sentidamente, ainda conseguia amar. o sasha falava das árvores no fundo do parque e dizia que tinha matado ali um homem. a ekaterina lembrava-se bem da noite em que ele saíra e voltara com a cabeça diferente. nessa noite, pensava ela, talvez ele tivesse comprado o terror, talvez tivesse realmente matado um homem. encarava-o. sentia-lhe o cabelo como faria a um gato e voltava a dizer, não é verdade, sasha, é só uma ilusão da tua cabeça. talvez assim ele ficasse melhor e ela também, aliviada um pouco do fardo de cuidar por si e por ele de todas as coisas das suas vidas.

para se ser uma máquina feliz, sabia-o bem o andriy, havia que manter-se cuidado e, por isso, ele acabara substancialmente com as saídas e as cervejas. o mikhalkov tinha-lhe dito que, no primeiro ano, à custa de não se poder falar, o melhor era beber a cada noite o suficiente para deixar de pensar nisso. não pensas, não falas, não queres falar. e o andriy passou também o seu ano calado à força de beber demasiado e adormecer quente de álcool. é importante perder a lucidez para não existir qualquer necessidade de se ser entendido, repetiu o mikhalkov. mas agora passou, já falas, já tens mulheres, não importa beberes tanto. importa beberes menos, muito menos. e o andriy parou, viu-se como um competente administrador das suas penas, pondo-lhes fim, uma a uma, com força de ferro.

no dia em que chegou a portugal, o andriy procurou o apartamento do mikhalkov por indicação de um amigo russo que ficara em korosten. depois de esperar umas horas por que mikhalkov voltasse das obras e o recebesse, saiu pelos cafés à procura de emprego. levava um papel com a palavra trabalho escrita em português e o seu nome. ninguém em bragança lhe parecia dar ouvidos, mais do que apreciar o ar perdido com que olhava para as coisas. à primeira, parecia até cego, como se o que visse não lhe devolvesse um qualquer sentido ao cérebro. estaria tão descasado das suas pessoas, do seu espaço, que cada lugar onde entrava lhe podia parecer lógico a partir apenas do avesso. e, quando seguia alguém para lhe mostrar o papel, podia fazê-lo entrando na casa de banho ou balcão adentro, sem perceber exactamente onde ficar. o que as pessoas lhe diziam, e diziam umas às outras sobre si, não lhe era minimamente inteligível, pelo que se bastava a reconhecer o não que alguém acabava por lhe mostrar abanando a cabeça. saía, procurava luzes acesas, algum movimento pouco naquele início de noite da cidade, e persistia. sem se explicar, o que esperava encontrar era um qualquer modo de ganhar dinheiro, convicto de que acabaria nas obras, como todos os outros, a cansar-se e a apressar-se consoante a impiedosa direcção de um português maldisposto. mas, de café em café, a primeira oportunidade apareceu-lhe logo ali, naquela noite, como o sonho de vir para portugal lhe teria dito, que em tal país haveria muito emprego, coisas de braços, porque os portugueses já não se queriam matar a fazer nada. mostrou o papel, o sujeito gordo sorriu e disse algo para trás das costas, chamava alguém. seria a sua mulher que abria a porta da cozinha e limpava as mãos no avental. sorriu. o andriy percebeu que não o dispensavam. insistiu apontando para o papel e lendo como podia a palavra trabalho, e o gordo respondeu, sabes fazer pizzas. e o andriy respondeu, trabalho. pizzas, sabes o que são pizzas. e o andriy respondeu, trabalho. pizzas, rapaz, para comer. cala-te lá, júlio, o moço não te entende e pizzas toda a gente sabe fazer. ajuda o rapaz. o júlio sorriu, pegou no papel do andriy, aproximou-lhe uma caneta e escreveu, trezentos euros. o andriy levantou os olhos. pareceu-lhe dinheiro suficiente. o júlio apontou para a ementa, via-se uma grande pizza na sua capa, o queijo derretendo por sobre a massa muito fina e as azeitonas pontuando o bacon. o andriy acreditou que nunca mais passaria fome.

a mulher olhou para o papel, achou tudo muito bem e gritou, andré, temos um empregado chamado andré. e é giro, o moço. o júlio mexeu-se todo a rir e respondeu, anda para a cozinha, mulher, deixa-te de cobiçar os bens alheios.

o pai do senhor ferreira teve um acidente aos trinta e quatro anos. caiu de um terceiro andar e sobreviveu por milagre. embateu no chão com a coluna espalmada como se fosse todo de propósito para se partir e nunca mais recuperar. era coisa para morrer, porque o crânio rachou como um coco e o pôs a dormir. deveria ter dormido para sempre. mas acordou, dias depois, especado e vazio de pensamento. durante bom tempo foi só isso que fez. acordar e perder os sentidos, enquanto médicos e enfermeiros lhe punham as mãos a tentar colar quanto pudessem e se convenciam de que não haveria valentia nenhuma em tal tarefa. de facto, comentavam, consertado o possível no corpo, que sobraria ninguém lá dentro. vai ser um saco de ar pesado. terá peso, mais nada. o pai do senhor ferreira ali permaneceu sem esperanças nenhumas de família ou amigos. e, se não o desejavam morto, era por aquele egoísmo natural de acharem que os que lhes pertenciam haviam de existir à revelia do destino, porque haviam de escolher sempre voltar para ao pé dos vivos. vão escolher sempre, dizia a mãe do senhor ferreira. calaram-se. o homem seguia inerte e subitamente falou, disse, não morri. era como uma decisão que tomava em voz alta. um pensamento que tornava sonoro para impor a sua vontade ao mundo. a partir dali, pensaram todos, vai reconquistar o homem que foi como por um milagre da perseverança.

naquele dia, o senhor ferreira, um rapaz muito novo e sem voto, convenceu-se, de todo o modo, que tornaria aos dias de brincadeira com o pai. coisas quotidianas, de sempre, vividas sem muito pensar, porque seriam tão facilmente repetíveis. colocou-se de lado à mãe e esperou. para ele, o pai poderia levantar-se naquele instante, para retomar algo que tivera em mãos e à noite já lhe passaria pelo quarto, para um beijo de bons sonhos e, a pedido, a leitura de uma pequena história. se eu adormecer, pai, não pares de ler, parece que em sonhos vou ouvindo tudo e de manhã me lembro do que parece impossível lembrar-me. e o pai assentava as mãos no chão e afastava-se só no fim da história, quadrúpede de tristeza, erguido de felicidade por continuar a assistir à vida do filho.

o pai do senhor ferreira nunca mais se pôs de pé e, para andar, ou se sentava numa cadeira de rodas ou gatinhava como faziam as crianças muito pequenas. por mais incrível que parecesse, as mais das vezes gatinhava. seguia pelas alcatifas fora sem ficar lento. ia à pressa de um lado para o outro, convicto de que não perderia mais nada na vida. o senhor ferreira olhava para o pai, aninhado aos pés de quem entrasse em modos pequenos, e fazia-lhe uma tristeza grande ser já maior do que ele, posto de pé ainda tão jovem, parecia uma árvore que deitasse boa sombra para cima da relva.

eram menos ainda do que as seis da manhã quando telefonaram à maria da graça com a notícia estranha de que o senhor ferreira se matara. ela ponderou bem o que ouvia e acendeu a luz. quem fala, perguntou. a voz do lado de lá respondeu-lhe que era da polícia. uma voz aguçada de mulher, irritante, como quase desdenhosa. a maria da graça voltava a perguntar, como se chama. a polícia dizia-lhe que era a agente quental, repisava a história de que o cadáver fora encontrado no passeio, tendo o suicida saltado aparatosamente por uma das janelas da sala. aparatosamente, perguntava a maria da graça. a outra respondia-lhe, com o requiem do mozart no volume máximo, rindo, perante a assistência incrédula e já histérica de alguns vizinhos. a maria da graça achava o tom da agente insolente, como se lhe competisse defender o requiem do mozart, dizer-lhe que havia um motivo muito digno para se escrever música para os mortos e, em última instância, fazê-la ver que o senhor ferreira era um homem superior do qual não se podia falar de qualquer maneira. a outra recontava a história com pequenos dados novos e parecia tão calma quanto convencida de que conseguiria daquela forma respostas muito exactas para os motivos daquele acto. o senhor ferreira pegara no volume das poesias de rainer maria rilke e precipitara-se janela abaixo talvez tentando assim levar o seu souvenir da vida na terra. a maria da graça lembrava-se de ele lhe falar daquele livro, aberto em muitos cuidados, por ser antigo, e todo traduzido do alemão com jeito de discurso divino. é um livro sagrado, dizia-lhe ele. isto que aqui está é melhor do que a bíblia. com coisas destas se matam de maior humanidade as religiões. ela perguntava, quem mata as religiões. e ele respondia, os artistas. fazem com que as religiões sejam intuitivas paixões pela vida, que é o que devia ser uma religião, apenas isso, uma profunda e tão intuitiva paixão pela vida. os artistas são o que de mais perto existe da humanidade. que, mais do que isso, só estamos ainda nas aproximações a essa ideia, a da humanidade. a maria da graça dizia, que coisa tola, senhor ferreira, que agora nem somos humanos, é o que quer dizer. e ele respondia, pois não, nós não. alguns artistas sim, porque chegam muito mais depressa do que nós a todas as coisas. a agente quental interrompia a maria da graça e perguntava, o que quer dizer com isso. para provar que morria apaixonado pela vida, como se morresse em protesto, explicava a maria da graça à outra que não entendia nada e queria saber sempre melhor. era um homem complicado, sabia muitas coisas, talvez coisas de mais, e ficava atrapalhado com dar-lhes uso, é o que penso, que tinha tanto conhecimento na cabeça que não lhe daria uma encarnação para uso de tudo. a polícia voltou a insistir, mas parece-lhe que era algo por que se poderia esperar, era um homem deprimido, amargurado. e a maria da graça respondia, não, era um homem cheio de razões para viver, estava reformado, tinha dinheiro, sabia coisas, apreciava ainda os prazeres mais elementares. a outra interrompeu-a e quis saber, que prazeres, está a falar de que prazeres. e ela respondeu, da mesa e da carne, porque não me deixava quieta, mesmo que eu não quisesse, mas eu queria.

um protesto, como uma morte toda sindical, a reclamar por todos quantos tinham de morrer por razões indignas da elevação humana. o senhor ferreira pensou no pai e decidiu muito abruptamente. haveria de se estrelar no chão tão partido quanto o pai e reconstituir-se devagar, nem que ficasse quadrúpede e sem se erguer do mais rasteiro chão. ou então morreria disso mesmo, de não lhe ser dada a mesma oportunidade que fora dada ao pai, e seguiria para a morte, dizendo ao são pedro tudo quanto achava do que andava a fazer aos pesadelos da maria da graça. o senhor ferreira tomou o livro nas mãos para recusar a cobertura directa da igreja católica, submetendo-se a um cristianismo mais dramático e artístico, e deixou o mozart em brados para apelar ao testemunho da vizinhança. quis que apreciassem o que fazia por todos. um homem completo, livre e trabalhado, reformado, tão expectável quanto o futuro que lhe adviria. era um homem partindo-se ao meio pela mania de explicar aos ignorantes as coisas mais difíceis da vida. a maria da graça respondia a tudo como cobaia pavloviana. sabia muito pouco do que escapar, pensava muito pouco no que dizia, fazia muito lentamente o que fazia.

levantou-se e saiu de casa mal vestida. o frio da manhã muito cedo acordava-lhe mais a pele do que a mente. o passo largo e apressado faziam-na sentir-se a viúva do senhor ferreira. e mais do que sentir-se como tal, aquela pressa e contenção de emoções, como tomando as rédeas do sucedido, pareciam impô-la como viúva do maldito. chegaria à casa dele sem grandes rodeios metida ali como quem mandava e tinha direitos. levava talvez no sexo o desenho recortado por onde uma chave se rodaria. uma chave entre ele e ela que os trancava juntamente, para sempre. talvez por isso, a casada maria da graça dissera tão friamente que o senhor ferreira se punha nela. como se, com orgulho, se apoderasse enfim de um estatuto que ele apenas morto lhe viria a dar. seria muito mais do que a mulher-a-dias do homem, seria a sua amante, para humilhação do augusto, ela seria para sempre a apaixonada do homem mais elegante e culto que a cidade de bragança tinha por cidadão. o frio a passar-lhe a pele por agulhas e ela caminhando como uma máquina ainda só remotamente entristecendo.

o senhor ferreira pegou no livro do rainer maria rilke e abriu ao acaso lendo os versos breves. relia os mesmos versos como a saborear um vinho, depois lia alguns mais, voltando as páginas delicadamente. a maria da graça mantinha o ritmo de trabalho e ele parecia encontrar nos pequenos barulhos dos afazeres domésticos, e até na presença do portugal, um pano de fundo sustentável para a melodia dos poemas. parecia-lhe bem empregar rilke naquele cenário e com aqueles actores, e dizia-o com um prazer solene, como se deitasse incenso sobre todas as coisas, purificando-as. as palavras, dizia, contêm tudo e se as evocarmos com a exactidão de rilke estaremos a trazer para o nosso meio, de verdade, aquilo que dizem. à maria da graça aquelas palavras não diziam muito. pareciam abstractas, como coisas que o poeta quisesse dizer sem dizer. às voltas e às voltas a fugir de ser objectivo para não se sabia que motivo. o maldito fechava o livro e parecia querer dar-lhe com ele na cabeça, ela ali tão ao pé ajoelhada como de costume. não se deixe vencer pela primeira dificuldade, maria da graça, as palavras também têm caminhos por dentro, há que percorrê-los. ela molhou um pouco mais as madeiras do chão e esfregou e pensou que o importante era ter-se acabado a cera e estar ali a penar por um resultado que nunca ficaria do seu agrado. o portugal andava rondando de mais longe, perfeitamente sabedor de que fizera asneira ao levantar ali a pata e manchar o soalho.

    o pai do senhor ferreira fechava o livro do rainer maria rilke e olhava para o filho como projectando o seu futuro. parecia ter a certeza de que, lendo-lhe uns versos lentos e tão solenemente proferidos, faria do filho um afinado cidadão para as coisas profundas da criação humana. o senhor ferreira seria, tão novo ainda, fecundado. para sempre haveria de ver e sentir as coisas mais na fímbria do invisível e do indizível e até do impossível, como se estivesse com mais sentidos do que os normais, preparado para ser adulto muito mais depressa e, sobretudo, com muito maior rendimento. o pai do senhor ferreira fechava o livro e achava que, para aquele dia, teria feito o suficiente. e o senhor ferreira sabia que já se podia levantar e fazer-lhe sombra sobre o rosto. inclinar-se talvez até se despedir com um beijo e depois ir fechar-se no quarto, um pouco mais crescido mas criança ainda para se encantar com alguns brinquedos coloridos e ponderar, sem grande lucidez, o quanto seria difícil a vida do pai que rastejava pelo chão. o rilke, pensava, de tão amigo de deus e cheio de uma voz melhor do que a da bíblia, haveria de fazer um milagre no momento em que os seus versos fossem lidos. isso sim, seria a prova da superioridade humana dos poetas, revelando que todos os outros mortais eram ainda meros esboços do plano maior de deus. o senhor ferreira passava, uns minutos depois, arrastando-se já algo ágil pelo corredor, respirando com avidez, trazendo à cabeça do filho a imagem de um caracol que, mesmo sem querer, liberta um rasto por onde vai. sem espreitar, sabia pelo som esbatendo-se onde se metia e imaginava-o quieto, depois, muito quieto para não chorar.

 o andriy procurou a quitéria sem grandes rodeios. não era uma inversão na sua mutação para máquina, era apenas uma peça encaixando-se. seria mais equilibrada a vida se cada assunto ficasse pacificado. a quitéria abriu-lhe a porta, encantada, sentindo-se mais íntima do que nunca. se ele a esquecesse, recusando aquele gesto de desculpabilização, ela poderia esquecer-se também dele e apagar com rapidez o sentimento de culpa. mas a opção do rapaz deixava-a até um pouco eufórica, como se lhe importasse, mais do que o esperado, o perdão do andriy. não falaram quase. ele nem estaria disposto a dar-lhe explicações. via a espontaneidade do seu acto como um abastecimento.

estaria ali para o sexo, como a recolha de uma satisfação necessária, ou até a toma de um medicamento, e mais nada. claro que seguia consciente de que para ela a sua procura assentaria como uma desculpa, mas já nem muito lhe interessava o que ela pudesse interpretar dos seus gestos, se ao que estava certo ela quereria acima de tudo o mesmo que ele. pôs-se nela com as ganas de quem tem vinte e três anos, um corpo tecnologicamente aperfeiçoado e um atraso libidinoso de semanas. extenuada, a quitéria caiu sobre a cama adormecendo, desprotegendo-se manifestamente à presença do ucraniano que, encostado à parede azul, observava o corpo da mulher e pensava no momento em que lhe falara do pai.

o sasha confessou à ekaterina que talvez tivesse matado mais do que um homem. confessou-lhe tal coisa e pediu-lhe perdão. para ele, a ekaterina sofria por remorsos de estar casada com um assassino. parecia-lhe apenas isso, mais nada, no ar destruído da mulher, as olheiras fundas e o desmazelo generalizado das rugas ganhando terreno. ela afagava-lhe a cabeça e dizia-lhe que o perdoava. já não importava, explicava, se já era coisa de tantos anos passados e ele continuava ali em segurança, era porque assim tinha de ser e ele devia acalmar e prezar a vida com mais direito. o sasha voltava a dizer que não tinha direito à vida, mas que se apavorava com a ideia da morte. por isso, pedia que o protegesse, para que os soldados não o tomassem para um fuzilamento sumário. se me virem, ekaterina, matam-me imediatamente, eu sei, porque me odeiam. têm as piores informações a meu respeito, e hão-de despedaçar o meu corpo sem piedade para me fazerem pagar pela morte dos companheiros.

sete milhões de ucranianos morreram à fome nos anos trinta e dois e trinta e três do século vinte, e a ekaterina sentava-se à sua mesa como aterrorizada com a falta da sopa por um dia que fosse. para si, a fome era algo que a observava de perto, como se estivesse à espera de uma distracção sua para a abater. a grande fome ucraniana sentava-se todos os dias à mesa da ekaterina e do sasha, que ficavam a gerir as sopas, mesmo as mais fartas, com o compromisso de quem, mais tarde ou mais cedo, não teria o que comer. era o século vinte todo em cima das suas cabeças. os sete milhões de mortos à fome, os sete milhões de mortos na segunda guerra mundial, e os mortos mais os afectados pela catástrofe de chernobil. na cozinha dos shevchenko sentavam-se mais de catorze milhões de mortos a olhar para os pratos de sopa. o sasha dizia, perdoem-me, perdoem-me, tenho fome. e a ekaterina dizia, o andriy mandou algum dinheiro, está tudo bem, sasha, por favor, come, precisas de comer para te sentires melhor. isso, amor, come. e o amor, para a ekaterina, era a vida a morrer ali como por vontade de dignificar a fome de um povo e era a ausência do filho como fuga àquele pesadelo que não queria mais acabar.

    era assim que a maria da graça enfrentava a morte do senhor ferreira, abrindo caminho pela manhã muito cedo sem se descontrolar, sem permitir que as emoções lhe retirassem a força e impedissem de o acudir naquele momento de entrega completa aos seus cuidados. o espírito com que seguia era exactamente esse. imaginava-se a chegar e a encontrar o maldito inerte no chão como à sua espera ainda. e ela tomá-lo-ia e trataria de tudo, incluindo nesse tudo o enterro e finalmente a nova cera passada pelo chão. e seria isso muito natural e bem feito, como se até mais fácil do que o costume, porque ele estaria particularmente bem comportado, dando-lhe espaço e sossegando para sempre os pecadilhos do quotidiano. era, pois, da criação de novos hábitos de que se tratava, mas para os quais a maria da graça estaria preparada, tomando a seu cargo as pequenas e as grandes coisas, por fim, como assumindo competências, ou melhor, como assumindo um amor que se definia num compromisso mais nítido e responsável. seguia rua fora e quase podia sentir orgulho por ser quem fazia tal caminho no aproximar das seis horas da manhã. um orgulho por ser quem explicaria à agente quental que, naquele homem, essas coisas esquisitas eram manifestações que impressionavam deus e que haveriam de todos os homens querer viver e morrer em tão grande rasgo de ideias. a agente quental mantinha a voz irritante e curiosa e não deixava de considerar a maria da graça um pouco louca, muito mais louca do que seria de ver numa mulher-a-dias, a quem a simplicidade de raciocínio se pressupunha. dizia para o lado, a mulher foi buscar um vestido e já cá vem ter. depois a maria da graça segurava outra vez o telefone e acrescentava, senhora agente, já vou sair. e a outra teria ficado com o ouvido no auscultador, à espera, nem sabia bem porquê. ficara talvez convencida de que escutaria algo bizarro, como se a maria da graça, ao colocar o seu simples vestido, pudesse espoletar um ritual também sonoro e denunciar-se no que seria o tão estranho casal ali encontrado. a agente quental desligou o telefone e ainda se manteve no recuo do pensamento durante uns segundos. depois retomou as suas acções mas imaginou a maria da graça caminho fora como num filme em que epicamente o realizador aumenta o volume a uma música para criar um efeito triunfante das emoções. e via a maria da graça triunfante enquanto actriz, numa aceleração quase coreográfica, ganhando proximidade com a casa do senhor ferreira, ouvindo-se mais e mais alto o inevitável requiem do mozart enquanto as lágrimas lhe progrediam no rosto, as lágrimas mais e mais lavando-lhe a pele e depois a boca desprotegendo-se, abrindo-se torta de tiques e já algum desespero, e depois falando ou, mais do que falando sozinha, gritando, e começando a entorpecer o andar, gritando e andando inconstante, depois quase caindo, quase agredindo-se, quase desistindo da caminhada como desaustinada sem mais forças, tão grande o desgosto seria, mas continuando sempre, a parecer alguém do ingmar bergman, com planos muito aumentados do seu rosto alterado, devassado pela câmara, invadido pelos espectadores da sala de cinema sem qualquer piedade, mas ela imprevisível de tão perfeita e segura no seu papel, desmobilizando aquele corpo de mulher a caminho da casa do seu amado morto, sempre oferecendo mais e mais de um espectáculo que, como dissera sobre outras coisas, impressionaria deus. a agente quental disse para o lado, é uma mulher esquisita, e não há-de ser de admirar, pois vinha quatro dias da semana para esta casa. o portugal ficava quieto a um canto da sala, não fugia, não latia. colocava a cabeça entre as patas e esperava também pela dona. diziam-lhe, anda bichinho, tens fome. na cozinha havia um prato cheio dos seus biscoitos, mas ele não se mexia. estava perto da janela aberta como ainda a marcar o lugar onde tudo acontecera. quando a dona chegasse, sairia para onde ela fosse e mais nada.

    este é um filme muito importante, maria da graça, quero que o veja comigo, não como um ofício, mas como a partilha de algo superior, algo sobre as mulheres como ninguém consegue filmar, só o bergman. disse-lhe isto e depois assistiram ao filme com lágrimas e suspiros como se optassem por uma tortura. a maria da graça ia mexendo o rabo na cadeira, discretamente, um bom bocado incapaz de admitir que a agrediam as aproximações vampiras da câmara aos rostos aflitos das personagens. o senhor ferreira deixou-se quieto, querendo por tudo que ela assistisse àquela obra mas entrando ele próprio no cenário claustrofóbico do filme e abstraindo-se de tudo. o bergman, explicou-lhe ele, só quer saber do interior das pessoas, mais nada. o resto é tudo acessório, só lhe interessa o retrato intenso do ser humano, por isso é o mais valioso dos realizadores. atente sobretudo no modo como dilacera as actrizes e as deixa perecer diante da câmara. vão-se destruindo, por dentro, consomem-se. a agente quental não poderia saber desta conversa do senhor ferreira com a maria da graça, não podia suspeitar que esta faria tudo ao contrário do lágrimas e suspiros, recusando desesperar-se, recusando oferecer à câmara a sua alma. quando chegou à casa do senhor ferreira, a maria da graça vinha segura de si, mais expedita do que desmazelada pelo cedo da hora, mais encarregada do que esperando ordens. assomou à rua manifestamente importada com não ser uma mulher frágil de ar sueco e triste. precipitou-se sobre o primeiro agente que viu para que a levasse ao corpo morto do senhor ferreira. seguia convicta de que ele estaria pacientemente morto à sua espera, como confiando nela para tratar de tudo, como se quase pudesse resolver a situação e, depois, considerar que estava tudo bem. tudo bem, as coisas nos seus lugares e mais nenhum problema senão os simples da vida, mais frios ou mais quentes os dias e o tempo a passar, como para todos, tão normalmente. o agente abriu-lhe passagem, indicou-lhe a porta de casa, ao invés do passeio sob as janelas da sala. hesitou. subiu as escadas para o primeiro andar do edifício quase contrariando-se e, momentaneamente, estabelecendo um movimento autómato para o qual não encontrava explicação. nos seus braços, pesadamente, faltava-lhe o corpo do senhor ferreira que esperara carregar com extrema delicadeza e eficiência para a terra dos mortos com direito à felicidade. tombava-os, aos braços, e entristecia.

o corpo do senhor ferreira já havia seguido para a morgue, e já havia sido limpa a rua do seu sangue para não continuar chocando os vizinhos. logo mais estariam as crianças passando para as escolas e era mesmo a tempo de se pôr tudo como se nada tivesse sido, para não assustar os pequenos e pacificar o povo de bragança. a maria da graça sentou-se na sala, colocou as mãos no colo sem lhes ter o que fazer. o portugal permaneceu ainda quieto, a cabeça entre as patas e o olhar como cabisbaixo. ela esperou uns minutos até que tivessem tempo para conversas. não percebeu o olhar em redor da agente quental. não percebeu imediatamente quem seria a agente quental. estavam duas mulheres no lugar, nenhuma lhe dissera palavra. quem lhe falasse, julgava, começaria por lamentar a perda. pensava que estariam ali para reconhecer o seu direito à viuvez daquele homem. bateu a mão numa perna e foi como o cão correu e se lhe enrolou no colo. ela ficou com as mãos penteando-lhe o pêlo. a agente quental perguntou, era a senhora quem limpava também o compartimento que fica por baixo desta sala. a maria da graça assustou-se, reconheceu-lhe a voz, achou-a feia e má, gaguejou e respondeu, bom dia.

    o compartimento estava decorado com as mais finas peças da casa. decorado como por uma mulher de bom gosto, preocupada em fazer dali uma sala digna, principal, como para recebimento das visitas mais importantes. a maria da graça não o sabia. reparou então que faltavam os objectos mais caros sobre os móveis. e até uma mesa pequena, a mais antiga, que costumava estar encostada à parede do fundo com um jarro de porcelana azul em cima. a agente quental insistiu, a senhora não cuidava da sala inferior. a maria da graça disse, sim, mas não era uma sala, era para arrumos de coisas, roupas de cama, toalhas, tapetes, alguns trastes mais velhos, como camilhas sem uso ou cadeiras para arranjar, que nunca mais se arranjavam, porque não havia necessidade. desceram as escadas que a mulher-a-dias tão bem conhecia e encaravam as duas o brilho intenso do compartimento. a luz abundante dos candeeiros, os mais de cristal francês, tão acesos. o dourado das molduras antigas nos quadros das caçadas inglesas. o desenho definido das talhas dos móveis de cerejeira pura e muito clara. não havendo janela, estava-se ali como num espaço aberto, arejado e sobretudo embelezado de festa, dignificado de festa grande e mais do que feliz, eufórica. estava ali uma sala eufórica, perante a qual a maria da graça abriu a boca de espanto e se encantou. o que lhe parece, perguntava a agente, o que lhe parece que isto significa, repetia. como a outra não respondesse, impaciente, perguntava de novo, para que serviria tal coisa, dona maria da graça, para quê. a maria da graça pôs a mão no móvel mais ao pé, mal lhe tocou mas foi como se segurou, e as primeiras lágrimas caíram-lhe do rosto.

a quitéria, de noite naquele mesmo dia, abraçou a amiga. sabes, essas coisas não têm explicação melhor, ficam assim mal feitas, se calhar, que é o modo de deixarem outras bem feitas. queria dizer que para o mal do senhor ferreira podia estar, no outro prato da balança, o bem da maria da graça, finalmente liberta dele e dos seus abusos de velho sem respeito pelos seus sentimentos. já se sabia que aquelas palavras não serviam para conforto nenhum, caíam em saco roto apenas a moerem os ouvidos. sentaram-se nas traseiras do prédio, como sempre, calaram-se brevemente a olhar o silêncio que faziam as cordas da roupa vazias. ficavam a balouçar pouco, atravessadas no ar com algum sem sentido. vazias como estavam, destituíam-se de sentido, iguais a riscos suspensos, coisas para atrapalhar a passagem ou fazer as pessoas sentirem-se presas. depois a quitéria disse, o andriy veio ver-me. foi para me desculpar de ser estúpida. sabes, acho que até gosto dele, coitado do rapaz.

o andriy saiu antes ainda de a quitéria acordar. encarou o mikhalkov com ar de quem tinha aprendido muita coisa. as mulheres portuguesas, pensou, eram todas diferentes, ao contrário do que achava o amigo, mas isso pouco lhe importava. o importante era ser ele a não mudar. haveria de ter a quitéria as vezes que quisesse, mas nunca permitir que isso o demovesse da progressiva metalização do corpo. via-se como platinado, robótico, uma força incrível e os sentidos alerta como seria impossível para uma cabeça só orgânica. nem por um momento julgou estar interessado na mulher além do sexo.

a maria da graça disse, trataram-me como culpada, sem direito a nada, como se tivesse sido culpada de algum assunto. culpada. queriam que eu lhes respondesse sim a tudo, e à maior parte das coisas não é de dar sentido, e eu é que sei. a quitéria não queria ver nada assim, preferia acreditar que a polícia tinha de suspeitar de tudo. a outra continuava dizendo que fora menosprezada, o mais que lhe concederam foi a hipótese de levar o portugal consigo, porque de todo o modo não teriam melhor coisa para lhe fazer. são uns filhos da mãe, aquela parva da agente quental, com o bigode duas vezes o do meu augusto, andava às minhas voltas a querer saber porque havia o maldito de enfeitar o quarto dos arrumos. porque era um pouco louco, como os génios, minha senhora, mas ela não ficava satisfeita, queria que eu lhe desse provas de médico, com coisas de microscópio e tudo, raios a partam. e depois. depois quase a mandei à merda, que a mim não me podiam acusar de nada, que ele se atirou sozinho com a vizinhança a ver e aos gritos. mandavas a gaja à merda e calavas-te. era como devias ter feito. dizias que só falavas com um advogado. e onde ia arranjar um advogado. eles têm na esquadra. não têm nada. olha, que arranjassem. e não é que o homem até móveis levou para baixo. móveis pesados, com as porcarias dentro das gavetas e tudo. deve ter passado a noite inteira naquilo, a preparar o cenário para o seu filme final. mas entendes alguma coisa. não sei. em que pensas. em nada. diz-me. não sei dizer. fala comigo, que ainda sou tua amiga. ele tinha medo daquela sala. não era uma sala, sabes. era uma espécie de caixa vazia debaixo dos nossos pés. costumava dizer que odiava que aquilo ficasse ali parado, como se pudesse ganhar vida sem que nos déssemos conta. e que queres dizer com isso. não sei. achas que. não. não é isso. acho só que lhe deve ter passado pela cabeça acabar com a escuridão daquele lugar, obrigando-o a fazer parte da casa, para não ficar cheio de fantasmas. o andriy disse-me que o pai dele está bem, mas não acreditei. acho que o disse para não me dar confiança. tu gostas dele, quitéria. não. disseste que sim. como miúdo. é um miúdo. mas ficaste muito contente por ele te ter vindo procurar. e tu com isso. não te basta ficares viúva. não digas isso. como vais fazer agora. não sei. tu estás bem. queres que durma contigo. quero. que vais fazer agora. apetece-me também morrer. morrem uns e ficam os outros, não sejas invejosa. tenho pena dele. não tenhas, foi porque quis. por isso tenho pena. estava pior do que imaginei. e afinal não te matou, matou-se. és uma estúpida, passaste a vida a assustar-me. não foi de propósito. mas há no medo uma atracção também vital, uma necessidade. como se precisássemos muito de o sentir. não percebo nada porque dizes essas coisas. não importa. são coisas que ele me dizia. que deus o tenha. pois. vamos para dentro. ainda não. apetece-me apanhar ar. tenho de tomar um banho. estou com a roupa do dia, cheiro a morto e ao portugal. que fizeste ao cão. está quieto por aí. é mais esperto do que eu, ainda tenho a esperança de que me arrume a cozinha. ia falar-te de um trabalho, mas agora nem sei. o quê. imagina. o quê. apareceu o marido da velha que fomos carpir. onde estava. no fundo de um poço e sem cabeça, que o maluco do filho o matou. ai quitéria, não me fales mais de mortos que o meu senhor ferreira, maldito filho da mãe, deixou-me aqui sozinha, filho da mãe, estou sozinha. se estás sozinha, vou-me embora. ajuda-me, quitéria, tenho medo de cair em mim e entrar em pânico. não vais entrar em pânico, acalma-te. não tenho trabalho, não tenho dinheiro, tu sabes que o augusto não me manda dinheiro, e agora todos saberão o que me fazia o senhor ferreira. pensar nele morto. pensar que ainda ontem me pôs a mão, e agora não ter ali sequer calor, quanto mais um gesto para chegar a um abuso de confiança. tens de olhar para a frente, maria da graça, é como se ficasses livre de um mal. e que faço ao coração. que sabes tu do coração, mulher. que me dói. sei que me dói e não é por ele estar velho que me dói menos. quitéria, eu amava-o, eu sei que o amava. tendo-lhe medo, nojo, raiva, eu sei lá que mais, era como gostava mais e mais dele. agora pensas mais no medo, no nojo e na raiva e começas a forçar-te a sentir o contrário. que eras uma parva por aceitares que te dominasse e que não precisas dele para continuares a tua vida. e que faço. respeitas os mortos mas não lhes ganhas medo, vens comigo carpir o velho sem cabeça e ganhas cinquenta euros em duas horas, é salário de médico, mulher, não sejas tola. sem cabeça. não posso ver ninguém sem cabeça, acho que vou vomitar. para esse lado. deixa-me passar. vomita para esse lado. quitéria, deixa-me passar.

 a agente quental encarou-a implacável, como capaz até de a prender, e confessou-lhe o que lhe ia na cabeça, você é uma mulher bizarra, dona maria da graça pragal, é uma mulher perigosa, diga-me lá que não é. encolheu-se, poderia ser ali que a mandaria à merda, como vinha pensando, ou então aguentava mais um pouco, o suficiente para sair do assunto de uma vez por todas e não mais ter de voltar. porque me diz isso, senhora agente, não vê que estou a sofrer. a agente levantou-se, virou-lhe as costas num sinal de radial percepção, não se mexa, quase prevejo qualquer movimento, não seja tola de cometer uma loucura. hei-de entender o que aqui se passou. a maria da graça repisava o assunto, que era um homem especial, muito dramático, num tempo da sua vida em que não teria muito para perder. e porque me confessou tão rapidamente que era sua amante. não sei. e que mais sabe. o que me contou. a agente entortou o nariz, aproximou-se de novo, disse-lhe, uma mulher casada só confessa o adultério se estiver apaixonada ou se lhe interessar para dar algum belo golpe. não vê que estou a chorar, desculpe, não sei mais o que lhe dizer. a agente sorriu, respondeu-lhe, já vi chorarem até ursos de pelúcia, cara senhora, com esse truque não liberto ninguém. tenho a sensação de que a chave para este mistério poderá estar mais nas suas mãos do que confessa. como assim, perguntou-lhe a maria da graça, que posso eu saber.

 a quitéria ressonava levemente e a maria da graça repensava tudo aquilo. que uma mulher confessava o adultério se estivesse apaixonada, de cabeça perdida, já sem querer saber das consequências. se sabia bem não existir plano algum, seria verdade por todas as provas que estaria de cabeça perdida pelo maldito. e se assim fosse, estando ele morto sem regresso, a sua vida seria uma lenta aflição por esperar quem nunca poderia voltar. cotovelou a quitéria ao de leve, depois violentamente, gritou, quitéria, não me leves a ver um homem sem cabeça, tenho medo, toda a gente está a morrer, eu vou morrer, quitéria, eu já vou morrer. e era verdade, sabiam as duas no seu íntimo que a maria da graça morreria em pouco tempo. abraçaram-se assustadas. no centro da noite, muito irracionais, pressentiram que o mundo armava um cerco em seu redor como se implodindo cada coisa.

fecharam a casa do senhor ferreira, pediram a chave da maria da graça para guardarem com as outras e puseram uma fita toda policial a impedir a passagem para a porta de entrada no primeiro andar do edifício. desligavam cada coisa, retirando alguns alimentos da cozinha e até agrupando os vasos com plantas na varanda grande. a maria da graça foi olhando para a casa como se a estivessem a guardar numa caixa. uma caixa de cartão daquelas simples onde pomos aquilo que já não nos convém e empurramos para debaixo da cama para nos esquecermos de que existe e seguirmos a vida, pensou ela. imaginou como tudo ficaria para ali inutilizado a funcionar como um negativo do que fora. meu deus, pensou, toda a casa abandonada àquele destino inerte, a ser exactamente o que o maldito não queria, um lugar todo ensimesmado e capaz de, por exercício das suas próprias vontades, ganhar vida, como um monstro, influindo na dimensão mais real da existência. a agente quental ordenou que assim se fizesse, até se entender quem teria direitos sobre tal património, e a maria da graça dizendo que ninguém, não havia ninguém, mas que ele gostaria que se continuasse a tocar o requiem ou a abrir as portadas para sobressaírem os bordados das toalhas. até se riram os polícias. e ela continuava, eu sei o que estou a dizer, porque era assim todos os dias, e não acredito que deva deixar de ser. esta casa é dele. tem de ser feita a sua vontade. e depois empurraram-na, minha senhora, obrigado por ter colaborado, mas agora achamos que nos deve deixar trabalhar. ela andava de um lado para o outro com o portugal nos braços, que seguia quieto, sem tentar nada. e eles diziam-lhe, olá, portugal, saco de pulgas. a maria da graça começou a recuar, como lentamente fechando a caixa de cartão escurecendo no interior sobre a casa do senhor ferreira. lentamente forçando-se a ver as abas da caixa convergirem umas para as outras e a gritar por dentro, ele gosta de luz, ele gosta do sol entrando pelas janelas mesmo que a música esteja tão alta e os vizinhos reclamem ou lhes pareça que é uma coisa louca de se fazer. deixem-no ser louco na sua própria casa, não o enterrem tanto. por favor, não o enterrem tanto. atravessou a rua, desapareceu na esquina afiando o olhar uma última vez e voltando a chorar. assim foi como fez o percurso completo até se trancar no seu quarto, as luzes apagadas com a vontade de não se ver existir e pensou, está tudo ao contrário do que devia. porque era importante que se contradissessem os ímpetos negros do maldito. era verdade que por ele a casa estaria sempre fechada e nem uma pitada de sol lá chegaria. mas era importante que não se permitisse a morte, ainda que a morte fosse, afinal, o grande plano daquele estranho homem. abram-lhe as janelas, delirava ela, abram-lhe as janelas e não o deixem ficar em silêncio.

    sossega, graça, sossega. nunca mais falamos de mortos. juro-te. temos de fazer um acordo entre as duas para não chamarmos a morte para a nossa beira. como achas que isso se faz, perguntou a maria da graça. começamos a gostar mais de viver. não tenho trabalho, quitéria, fiquei sem trabalho. são quatro da manhã, mulher, a esta hora ninguém tem trabalho. preocupa-te com isso a horas de jeito. vou comer sopa para a tua casa. todos os dias. e ainda comes uns bifes de peru, que não sou ninguém de te fechar o frigorífico, amiga. não consigo dormir. nem eu.

acende a luz. deixa-me ficar a olhar para o tecto. daqui a pouco cansas-te e dormes. fala comigo. diz-me coisas diferentes. fala-me de coisas que me pareçam ontem. ontem é que estávamos bem.

o sasha disse que queria escrever ao andriy porque era preciso avisá-lo dos perigos que corria em portugal. mesmo tão longe, ele não podia ter a certeza de não ser perseguido e capturado pelos soldados. a ekaterina levou-lhe papel e uma caneta e tentou acalmá-lo lembrando-lhe que o filho já estava habituado a proteger-se e que em portugal ninguém sequer o conheceria. dizia, ele está muito feliz, sasha, está feliz e um dia vai voltar para nos ver. sentaram-se os dois à mesa da cozinha e calaram-se enquanto ele escrevia apressadamente algumas palavras aflitas de quem estaria louco e daquele modo administrava o amor profundo por um filho. meu filho, és o sangue do meu corpo e hás-de fazê-lo mexer-se enquanto te mexeres. sê atento, nunca confies em ninguém, não digas o teu nome, não fales nunca de korosten. por mais que te custe, destrói as minhas cartas, não as guardes para uma releitura ou recordação. sente nelas o odor da pele dos teus pais, e depois guarda-o só na memória, como estás também sempre na nossa memória. e não vivas à noite, quando não se vê que perigo espreita. escolhe os dias mais claros e usa-te todo para acautelar o teu bem-estar e o da tua família. se eu falhar, se me vierem buscar, defende a tua mãe que está inocente, e não os deixes fazerem-lhe mal. é um anjo que preferiu viver na terra. um dia, todos vão descobrir isso, eu descobri-o há vinte e seis anos. amo-te, filho. teu pai, sasha.

 a ekaterina guardava num jarro velho, metido na garagem, as cartas belas e loucas do sasha. colocou a nova no meio das outras e tombou um pouco sobre as tralhas, inclinada para diante como escavando-se, moendo-se de dor, uma tristeza tão infinita. era bem verdade que o andriy havia partido para ganhar dinheiro. precisava de criar melhores condições de vida, fugir à miséria da ucrânia, mas fora-se embora sobretudo pela sua própria

sanidade, sonhando ser um jovem minimamente normal, ocupado com a sobrevivência a partir de uma fome menos louca, uma fome física e nunca mental. o andriy dizia-lhe, aqui vamos ter sempre uma fome mental. somos um país esfaimado dentro da cabeça. a grande fome ucraniana não acabou. eu quero comer. eu quero comer. e ela gritava, andriy, olha o teu pai, respeita-o, está a dormir. e ele gritava mais alto ainda, eu amo o meu pai, eu amo-o. o sasha acordava, assomava ao corredor mas, antes que pudesse abraçar-se ao filho e entender porque estaria naqueles modos, o andriy saía porta fora sem mais suportar. a ekaterina aproximava-se, tomava-o no seu ombro e ele dizia-lhe, perdoem-me, estou a destruir-
-vos e não consigo sequer amar-vos o suficiente para vos libertar. não me abandonem. não me abandones, ekaterina, se eu ficar sozinho vou morrer. pede ao andriy para não me abandonar. pede, por favor, promete que pedes.

ela voltou à cozinha e ele perguntou, fizeste o que pedi. abanou afirmativamente com a cabeça e começou a preparar o jantar. ele sentiu-se sossegar. a carta chegaria ao filho em dois dias, três no máximo, e assim estaria ele mais apaziguado com o destino a que o sasha condenara a família. sabes, ekaterina, por vezes tenho a sensação de que ainda vamos ser felizes. vamos ser felizes quando o andriy voltar. se ele voltar rico. já pensaste se ele voltar rico, como vai ser. em portugal, minha querida, trabalha-se muito, mas há dinheiro, muito dinheiro europeu, e o nosso filho vai fazer tudo para o merecer e vai voltar para nos ajudar. quando ele voltar, no dia em que ele voltar, partimos todos os três para outra cidade. havemos de escolher um lugar discreto. a ekaterina sorria, pensava talvez que o andriy pudesse ficar rico, pensava sobretudo que seria um sonho que ele pudesse voltar. e depois talvez fosse de partirem para uma cidade diferente, mais pequena, onde não os conhecessem. podia ser que a cabeça do sasha melhorasse, convencido de que ficaria mais protegido. e achas que portugal é um país bonito, sasha, perguntou a mulher. claro que sim, é lindo. sabes, são lindos todos os países com um povo delicado, e em portugal, amor, fizeram uma revolução com flores. tens a certeza. absoluta. puseram flores nas armas e conquistaram a liberdade. a ekaterina fechou os olhos por uns instantes, e mesmo tão rente à loucura do sasha acreditou num portugal justo, onde o seu filho estaria bem, fazendo amigos, trabalhando para um futuro belo, tão belo o filho, tão sofrido, tão bom rapaz. como sabes disso, sasha. aprendi. sasha, fazes-me muito feliz. obrigado por me fazeres feliz.

no seu primeiro dia de trabalho em portugal, o andriy aprendeu a fazer pizzas. não era estúpido. compreendeu perfeitamente o que se pretendia que fizesse e pôde reconhecer os ingredientes e até começar imediatamente a fixar os seus nomes na nova língua. ficava o tempo todo ao pé do forno, suando, onde havia de controlar a cozedura das pizzas que, em verdade, eram particularmente saborosas. assim seguiu nos primeiros meses, igual cada dia, muito lentamente aprendendo a reagir aos piropos mais ou menos explícitos da patroa, da filha da patroa, de algumas clientes, de alguns clientes, até das baratas, das gatas e das cadelas. a este, dizia a patroa num português impossível para ele, deu-lhe a sorte pelo corpinho abaixo. quem não há-de gostar disto. até as naturezas mortas se levantam por um rapazinho assim. o andriy ouvia e perguntava, pizza. qual pizza. e depois de feito o trabalho regressava para casa onde, gradualmente, ia entendendo que trezentos euros ao mês não o salvariam da morte num país como portugal. precisava de conseguir um contrato, precisava de ganhar um pouco mais. o mikhalkov ganhava quase quatrocentos e cinquenta euros, podia dar-se ao luxo de ir ao cinema, comprar uma roupa nova nas lojas mais populares e almoçar fora ao domingo de quando em vez. um dia, haveria de ser como o mikhalkov, capaz de ter algum dinheiro a mais. capaz de poupar o mínimo que fosse para enviar aos pais como prometido. ao fim de seis meses, sem saber ao certo o que decidir, decidiu ir com outro companheiro de casa, o ivan, à obra grande onde trabalhava. havia lá muito que fazer, e mais alguns ainda cabiam. as mãos ficam ásperas, explicava o ivan, e não podes descansar o suficiente, mas tens a vantagem de não entenderes o que dizem, porque eu sei que só dizem mal de ti. nessa altura, passou a enviar oitenta ou noventa euros por mês, consoante lhe corria a poupança, para que a ekaterina melhor gerisse as refeições na casa de korosten.

o sasha voltou a perguntar, enviaste a minha carta, ekaterina, é tão importante que ele a receba. se não se proteger, a nossa felicidade estará em causa, e como seria terrível pensar na vida sem o horizonte da felicidade. a ekaterina deitava-se e respondia que sim, sim, sasha, em pouco tempo vai ler as tuas palavras, não te preocupes. estive a pensar na nossa conversa, disse ele, e sinto-me diferente, como dizer, com uma grande esperança e, se quiseres, já com alguma alegria pelo nosso andriy. sabê--lo bem, é tão importante saber que está bem. ele está bem, não está, sasha, perguntou ela. está sim, eu sinto-o, não sentes também. claro. e se nos levasse para portugal. que dizes tu. e se ele nos levasse para portugal, podíamos ver com os nossos olhos esse povo das flores, seria fantástico. o pobre do andriy ainda não ganha para isso, não tem como pagar as viagens, quanto mais para nos sustentar por lá. a vida lá também é mais cara. pois é. tu achas mesmo que é possível fazer uma revolução com flores, sasha, e a nossa que foi tão. não quero falar sobre isso agora. nada foi nosso, apenas a fome e a vitimização. estás a transpirar, sasha. o quê. tu estás a transpirar. porque perguntas isso. sentes-te bem. o que tens. espera. fala comigo, sasha, fala comigo, por favor. não acredito que sejamos felizes. não digas isso. mas eu não acredito. desculpa. perdoa-me. acalma-te, não podemos perder a esperança, o andriy vai tomar conta de nós. e se por lá for como por aqui, uma gente sem poder ajudar, mesmo que por bom coração o queiram fazer. porque iria o nosso andriy para portugal se por lá não ajudassem as pessoas, sasha. eu sei, eu penso nisso. se o querem, devem gostar dele, precisar dele, entender que sofreu a vida inteira e que só quer ser feliz. sinto a falta do andriy. eu também. vamos esperar. temos de esperar até que se perfume das flores e possa cá vir plantar um jardim também.

    o homem de ouro passou lentamente e sentou-se diante dos olhos do andriy. parecia estar mais perto do que da primeira vez. estava mais perto, sim. o rapaz encarou-o sem tanta surpresa, mas perscrutando-o, tentando perceber qualquer sinal de onde vinha, do que lhe poderia querer dizer. estava na sua hora de refeição. os homens todos numa confusão abrindo as marmitas e comendo sonoramente aos palavrões. o ivan estava ainda no camião, a atirar para o chão pequenas caixas pesadas. o homem de ouro vinha pelo andriy, porque ninguém percebia aquilo, porque só o que a sua cabeça inventava. o rapaz olhava para diante e era como um filme projectado em tela, vindo dos seus olhos para as traves tombadas no chão, de onde o homem de ouro ficava a observá-lo, quieto, sem ensejo de conversa, apenas a exposição do brilho intenso da riqueza, da metalização do corpo com o mais nobre dos metais. o rapaz comia o que ele próprio preparara e recuperava uma atitude implacável num segundo. estava a caminho da felicidade, nada o demoveria da felicidade, essa métrica preestabelecida e rigorosa que organizava os seus dias e o levava a cumprir todos os objectivos. não recebia notícias de casa havia vinte dias, mas não permitiria que isso o descontrolasse como até então poderia acontecer. lembrava-se da quitéria, de usar a quitéria, e ponderava telefonar rapidamente para a mãe ao fim da tarde, antes de passar na casa da mulher-a-dias e oferecer à máquina um mimo. faria uma chamada breve, apenas para perceber porque não chegavam cartas. e estaria tudo bem, com certeza, estaria tudo muito bem, talvez por isso mesmo até se esquecessem dele, menos martirizados com a sua ausência. o homem de ouro desapareceu. o andriy retomou o trabalho e carregou cada pedra, cada bocado de areia como quem carregava um dinheiro pesado e o amontoava à vista de toda a gente. a obra crescendo e ele chegando mais e mais perto da felicidade. pensava, o tempo vai compor tudo se ao longo do tempo cada objectivo se cumprir. resultados, pensava, resultados. sorriu. mesmo que os pais tivessem emudecido para sempre, o andriy sorriu. e os pais, estranhamente, emudeceram para sempre, ficando o filho sozinho no país das flores, forçando o coração a ganhar foles, deitar fumo, substituir o sangue por óleo, verter para os outros órgãos como dentro de um motor, tendo radiador, ventoinhas, estruturas inoxidáveis no caminho do esqueleto, propulsores, tubos comunicantes, roldanas, anilhas e parafusos, mecanismos dentados como a ferrarem-se impiedosamente uns nos outros e para sempre, visores perfeitos para o futuro coberto de ouro, já muito mais fácil de existir.

o caixão estava fechado e não havia modo de se perceber se o senhor joaquim levava a cabeça ou não, mas era o que se dizia de convicção muito confirmada, que o pobre do bom joaquim havia de se juntar à bininha, morta de amor, sem cabeça. pelo amor que existia entre os dois, todos se lembravam deles como colibris a precisarem de beijar. era doloroso pensar que já não o poderiam voltar a fazer, como se não pudessem mais ser anjos, ter asas, voar, porque o senhor joaquim não teria bico, não teria como ser quem devia. a igreja de vinhais estava cheia e nem se justificava a presença das duas mulheres naquele funeral. choravam muitas pessoas espontaneamente como carpideiras gratuitas e convincentes. para que estariam as duas a facturar cinquenta euros cada, até distraídas do serviço, atónitas com o aparato da cerimónia e caladas. a maria da graça ainda perguntou, não devíamos ter um ar mais pesado, chorar. a quitéria disse-lhe, este já está muito encomendado, se deus ainda não viu isto é porque não quer ver. prestaram atenção ao que iam fazendo as pessoas. chegavam-se ao caixão e punham a mão na madeira, na parte superior, onde por dentro estaria exactamente a cabeça, e lamentavam-se, ai joaquim, que eras tão bom homem e tão amado. ai joaquim, coitado, não vais ter descanso. e diziam assim tais coisas como se soubessem perfeitamente o que estava para lá da vida, capazes de pensar que por não ter cabeça estaria a sua alma decapitada também e sem meios de ver o caminho para a porta do céu.

    o são pedro não lhe respondia nada. estou cheia de perguntas, e venho cá tantas vezes, dizia-lhe a maria da graça, porque não mas responde. ele continuava empedernido de mau, azedo, a cruzar os braços ignorando a mulher. ouça lá, resmungava ela, começo a não ter medo de lhe dizer umas coisas, porque esta não é nada a ideia que eu tenho de paraíso, ou não lhe ensinaram maneiras. e ela queria saber se haviam passado por ali o senhor ferreira e o senhor joaquim. são casos muito diferentes, argumentava, são mesmo muito diferentes, mas os dois mereciam um cuidado grande e só queria saber se estão aí dentro. o outro não lhe dava qualquer atenção, dispersando o olhar mais para diante, onde os charlatães já nem incomodavam a maria da graça, porque ela tantas vezes ia à praça e nunca lhes havia comprado nada. não acredito que deus seja arrogante, não percebo porque há--de ter posto um cretino como você aqui à guarda, olhe, vá para o raio que o parta. é isso mesmo, à merda, velho do caraças, que me tirou o meu amor e agora põe--se aí com ares de quem não sabe de nada. o são pedro chispou como o diabo, completamente furioso enfim com as investidas da mulher, e vociferou maligno, rua daqui, sua alma parva, que agora me convenceste de que não terás passagem por esta porta em toda a eternidade. ela respondeu-lhe, mesmo sem saber muito bem o que fazia, não se fez esperar, nem tremeu, e respondeu-lhe, quero o meu homem, quero ver o meu homem, quero levá-lo de volta, porque aquilo foi uma precipitação. não é justo. o são pedro voltou-lhe as costas e tapou a entrada do túmulo uma vez mais com as costas largas e o silêncio mais profundo da sua boca. a maria da graça desceu os braços e pensou, não tenho como ver a terra dos mortos, não tenho como saber notícias de lá, terá ao menos ele uma recordação minha. saberá quem sou quando a minha alma arder no inferno ao tempo em que a sua se espraia ao sol.

 acordou pesada. levantou muito ligeiramente a cabeça e começou logo a chorar. era um choro pequeno, de tristeza muito habituada, uma tristeza a vir quotidianamente para sempre, para completar o tempo que ainda teria de viver. a velha dona albina, lembrou-se, morrera de amor. dissera o padre sem rodeios, sentou-se na sacristia a entristecer e foi em poucos dias. a maria da graça sentou-se na cama, percebeu que morreria também, em poucos ou muitos dias, morreria certa de que o seu coração se recusaria a pactuar com a solidão a que estaria obrigada. seguiu para o banho, começaria a procurar novos patrões para ver se morria mais devagar. devagar como, de qualquer modo, lhe parecia mais difícil morrer de amor.

em bragança ninguém ficou ciente do que ia entre a mulher-a-dias e o senhor ferreira, o que permitia a continuação da sua relação com o augusto, feita do mesmo horrendo suplício de sempre. a polícia não era de andar a dar conversa ao povo, e da boca da maria da graça não havia interesse em entregar-se como culpada. as pessoas tratavam-na com o mesmo sem querer saber do costume, igual a ter morrido o maldito ou estar vivo, nem percebendo se para ela era uma dor ou um alívio perder tal patrão. e quando ela deixava recado, sou a maria da graça, senhora, vinha a buscar trabalho, se souber de alguma coisa ou precisar de uma ajudinha, tenho um telemóvel, posso deixá-lo. e as pessoas iam dizendo que as coisas estavam mal, não era tempo de abundância havia muito e as coisas de mordomia nas casas eram negligenciadas ou tratadas por quem nelas mandava. isto está muito difícil, diziam-lhe, em algum tempo havemos de estar todos a comer a palha dos campos para espanto dos animais. aqui em bragança, graça, aqui vai ser uma terra de grande fome. quem cá quiser ficar vai ter de aprender a fechar a boca. ela prosseguia pelas ruas acima e abaixo à espera de uma palavra mais optimista, alguma esperança de que, no depauperado interior, ainda haveria lugar para uma trabalhadeira de braços, sem nojos nem medos e muita necessidade de dignificar o fim da sua vida e início tão definido da sua morte.

o augusto ainda teria uns longos meses de embarcado antes de regressar por algumas semanas. nesse tempo, mais a cabeça colectiva da terra se esqueceria do sucedido, e talvez ela nem lhe contasse que o senhor ferreira morrera. ele não perguntaria para onde iria a maria da graça a cada dia, e importava pouco que fosse para a esquerda ou para a direita, após a porta de casa, se saísse à hora de ir e entrasse à hora de vir. e a polícia, calada para os outros, calava-se para si também, maria da graça, que achava em demasia o silêncio em que a tinham posto. não houve funeral, não se fez notícia de quaisquer pompas fúnebres com que se gastasse o dinheiro do maldito e se lhe garantisse uma viagem mais rápida para o céu. filhos--da-mãe, pensava, pensando na agente quental. enfiaram o homem numa caixa qualquer e está esquecido. outra caixa de cartão empurrada para debaixo da cama. um dia, haveriam de se abrir tais caixas em par e exalar quarto fora os seus fantasmas tão zangados. coitada da agente quental no momento em que o escuro da noite lhe metesse vozes nos ouvidos e sobretudo a sensação de toque impossível no corpo vulnerável que até aí dormia. a maria da graça pensava nisso como desejando-o, desejando honestamente que a agente quental pagasse por ser desumana. queria que ela sofresse, ficasse sem pernas, descabelada, que fosse esfolada, lhe arrancassem os dedos, abrissem cortes no peito, furassem os olhos, secassem o sangue com morcegos muito pequeninos, lhe chamassem puta, lhe metessem muitas agulhas sob as unhas dos pés e a deixassem de boca fechada no fundo de um poço escuro onde vivessem organismos esdrúxulos dentados e esfaimados. se pudesse, servia-lhe uma só sopa de lixívia. uma que tivesse um litro e a abatesse, como acreditava a quitéria que aconteceria com qualquer ser humano. deus quisesse que aquela mulher fosse abatida sem qualquer perdão. fechava os olhos e pedia, mata-me essa mulher. quero-a morta. depois abria os olhos e percebia que a raiva tomava o seu amor. jogava-se para um canto e chorava de novo, as saudades como martelos pneumáticos no peito, o pânico, e ela a ver-se cair.

os ataques de pânico da maria da graça começaram assim. no limite já as coisas se desprendiam do mínimo respeito por si e pelos outros. a visão que tivera da agente quental comprovava-lhe o percurso perdendo rédeas em que entrava. subitamente perdia as certezas das coisas e desejava o que não seria remédio para o seu mal, nada lhe traria de volta os dias passados. nada lhe daria mais tempo com o senhor ferreira para saber se ele, por fim, a pediria em casamento ou não. tudo quanto pudesse pensar, fazer ou assistir, não serviria de método para voltar atrás, porque para isso não havia métodos. estava como depois do tempo, desprotegida, obrigada a comparecer ainda quando, por natureza, devia ter morrido também.

a quitéria insistia em que se animasse, que não visse naquela perda o fim da vida e nem o fim do amor. até do augusto falou bem, a quitéria, realçando que, de todo o modo, ele voltava sempre e não havia suspeita de que, por bragança, tivesse meninas para passarem na rua a rirem-se dela. mas ela subia dos seus poços de pânico e melhorava apenas por razões abstractas, porque nada do que a amiga lhe dizia a consolava efectivamente. existia uma espécie de interruptor ao qual conseguia aceder e accionar. mas era indefinida a razão porque a ele acedia e se acalmava. a dado momento, voltava a ser quem mais era e a quitéria melhor a reconhecia e abraçava. a partir dali, parecia, as coisas ficariam bem e depois ainda mais, e ainda mais e ainda mais. pensavam assim, mas era só pensar.

talvez sejamos muito burras e não seja possível sabermos nada sobre a vida, queixava-se a maria da graça. passei anos a achar que o maldito, coitado, bendito homem, afinal era bendito, entendes o que digo, que passámos muitos anos a julgar uma coisa sobre o que sentimos, julgámos as coisas a mal, e depois, sem mais nem menos, o que nos falta mostra o quanto nos falta e por quanto seríamos fortes para voltar atrás. eu voltaria atrás e ele não me escaparia para me casar, para ter um filho. tenho quarenta e um anos e daria tudo para estar grávida daquele homem, mesmo que ao nascer-me um filho me obrigasse a morrer para sempre.

o portugal chegava-se às duas mulheres e atentava nos seus rostos. ficava como à espera de que lhe falassem, lhe pedissem a pata ou mesmo o mandassem embora. parecia precisar de ordens, para sentir que ainda participava nas coisas, para sentir que tinha dono, um dono que escolhera. e a quitéria dizia, olha que este cão tem o espírito do velho. anda por aqui a rondar-te com um carinho que não é de bicho, raios o partam. a maria da graça estendia a mão ao cão e pegava-lhe ao colo. afagava-lhe o pêlo e pensava em como seria bom que pudesse pô-lo a falar como gente para se lembrarem os dois do senhor ferreira e se ajudarem. a quitéria tentava dizer outras coisas, coisas sobre outros assuntos, e fazia planos para mais carpir os mortos dos outros, que os mortos dos outros eram um belo ganha-pão, honesto e necessário, deus a perdoasse por esperar que alguém morresse.

o homem da funerária entregou-lhes o dinheiro e agradeceu. ficaram as duas sem dizer nada, mas parecera-lhes que não tinham ido ali fazer coisa alguma. nada. não fizeram nada. e ele entendeu pelo ar comprometido delas que temiam ouvir uma explicação, porque se a pedissem talvez o homem lhes desconsiderasse meritório o pagamento e decidisse não pagar. e ele disse, ficaram-vos as pessoas muito gratas, porque a dona bininha era muito querida da terra e ninguém lhe desejou mal algum. ficaram tristes as mulheres por não a terem acompanhado naquela noite, mas também acredito que sentiram medo, porque ao senhor joaquim nunca lhe dera sumiço nenhum, e o que o matou veio logo à imaginação de todos. eu também pensei nisso, que talvez o filho o tivesse matado e quem sabe viria a vinhais para ver como a mãe estava e, sei lá, matá-la também, mas era preciso velar o corpo dela e só alguém de fora, desconhecedor do que estaria em causa, o poderia fazer. a maria da graça e a quitéria sentiram um arrepio na espinha e lembraram-se do gato rondando a casa e do quanto teriam derretido de medo se lhes tivessem garantido que o filho da dona albina era psicótico e capaz de tudo. e o homem da funerária perguntou, mas passaram bem a noite, não foi. e elas emudeceram, só uns segundos depois responderam, sim, senhor, passámos bem. puseram os cinquenta euros nos bolsos, com a gratidão do povo de vinhais, e viraram costas arreliadas uma com a outra, capazes de se baterem.

    por isso, quando a quitéria voltava ao assunto das carpideiras, a maria da graça incomodava-se sempre, ainda insegura, como a lutar contra tantos receios num momento tão especial da sua encurtada vida. a quitéria a fazer figas para que algo surgisse o mais depressa possível, e a outra a sonhar com o dinheiro mas esperando que ele lhe viesse por outros meios. como te correram as coisas hoje. iguais. nem umas horas por semana arranjaste. não. isto é que vai uma gente porca por aí. não há dinheiro. há sempre dinheiro, nosso é que não é. e tu que fizeste. o de sempre. e estive com o andriy. voltou, isso agora é todos os dias. não. veio porque lhe deu vontade, estava com muita vontade. e os outros, nunca te aparecem dois ao mesmo tempo. mas tu achas que sou uma qualquer. não há mais ninguém. não sejas mentirosa. maria da graça, tu estás a perder o juízo, juro-te que não há mais ninguém. muito surpreendida fico. olha, vai à merda. não me digas isso que te atiço o cão. deixa-me rir, essa nica de pêlo. é um monstro quando se enerva. que medo. e vocês continuam sem se falarem, apenas cama. pois. não dizemos nada. ele está muito distante. sinto que ainda está magoado. sabes, eu acho que o pai dele deve ter morrido, porque me parece que ele se está a resignar por alguma coisa. parece um poço de fúria, mas não lhe interessa explodir, porque seria inútil. está a comer-se. imagina que um vulcão se inibe e ao pé de explodir se come. ele tem o aspecto incrível de quem está a engolir lava incandescente. sinto isso. coitado do rapaz, não deve ser muito fácil para um miúdo, mesmo que daquele tamanho, viver sozinho, tão longe da família, e a carregar areia e cimento o dia inteiro. e que te faz ele, conta-me. olha, queima-me.

 o andriy, naquela tarde, estaria a ficar vermelho da incidência maior do sol de primavera. a sua pele clara acusava a exposição solar de modo muito ingrato, deixando-o, inicialmente, muito rosado, depois intensamente vermelho, como bebido ou muito maquilhado. iria certamente ter a pele a esfolar-se tardava nada, suportando comichões intensas que não tratava com qualquer pomada. em algumas semanas, haveria de chegar a ficar moreno, o moreno possível para alguém de pele tão clara, e talvez ganhasse outra resistência para o trabalho contínuo durante o verão. a quitéria ria-se. sem roupa, ele ficava amplamente branco, de mãos e cabeça cor-de-rosa como um cómico. um boneco que desse vontade de rir, embora o seu semblante estivesse carregado e os seus lábios incapazes de relaxarem, muito longe de saberem sorrir. o rapaz endurecia os seus modos com ela, coisa que agradava à mulher tanto quanto a assustava. se a tomava muito mais macho, trazendo ao de cima uma virilidade que a potenciava enquanto mulher, também era certo que a enfraquecia, mas não exactamente no aspecto físico, enfraquecia as suas defesas, as guardas levantadas diante do coração. porque a permissividade da quitéria era proporcional ao gosto que lhe dava tê-lo. tê-lo concretamente a ele, não outro qualquer, português, ucraniano, brasileiro. aquele era o homem pelo qual ela, ainda sem muito admitir, ia esperando. o homem que não lhe prometia nada. apenas entregava. e ela submetia-se, tão óbvia, ao mecânico amor dele. tão criado a motor quanto irreversível para que se viciassem um no outro, mudamente a conseguirem concordar na tácita vontade de se terem um ao outro. levaria ainda algum tempo até que ambos entendessem o que lhes acontecia. um tempo no qual teriam de recorrer às palavras, mais tarde ou mais cedo necessárias para fazer, na verdade, a fundição das pessoas. nesse momento, não sabiam, nem um nem outro, o que se diriam e de que forma admitiriam começar a fazer concessões para que, de entre tudo, se mantivesse aquela relação como estrutura central das suas vidas dali em diante. a quitéria ficava sempre estendida na cama, satisfeita até de orgulho, e ele levantava-se muito silente, permitindo-lhe que adormecesse. vestia-se sozinho e começava, distantemente, a perceber que gostava do ritual que haviam criado. ainda que julgasse que lhe agradava por ser um ritual, por assentar numa expectativa sempre cumprida e revestir-se de uma manutenção da máquina a que, inteligentemente, era preciso atender. quando se punha na rua podia inserir-se entre os carros como um deles, mas ao centro do peito algo se modificava, muito à revelia do que imaginava. como se a máquina ganhasse guelras, por exemplo, e ele pudesse, querendo, respirar debaixo de água. as chuvas de abril eram mil e ele seguia completo e inoxidável perante qualquer risco de constipação ou ferrugem. até ali, os seus pais estariam a completar quase dois meses na falta de notícias.

num dado dia, o pai do senhor ferreira rastejou pelo alçapão abaixo. foi só depois de tal coisa ter acontecido que se mandou fazer a porta de modo contrário. ao invés de abrir para dentro do compartimento, haveria de deitar para fora, ficando suspensa no chão da sala, levantada como uma lápide. foi meia sorte não ter ficado logo então para lápide do pai do senhor ferreira que, já tão aleijado, caiu por ali abaixo rebolando nas escadas e estatelando-se no chão fortemente. o senhor ferreira acorreu ao local gritando, e gritando mais ainda pela ausência de resposta. pensou que daquela vez o pai se desmontaria por dentro e para sempre, sem compostura suficiente para voltar a mexer um só dedo.

a maria da graça pensava no alçapão antigo, mal feito, como só numa casa muito velha poderia ser. ficava a imaginar, não o pai do senhor ferreira, mas o próprio maldito a rastejar por ali adentro e a partir-se assim. via-o a atirar-se lá para baixo, tanta luz, a mesa até posta de gala, ele muito bem vestido, a música anunciando a celebração eloquente da morte e ele acabando com o medo de ali entrar. com o medo de ali entrar e ver o pai uma e outra vez a destruir-se sempre mais. o pai do senhor ferreira acordou uns minutos depois. sentiu uma dor de cabeça imediata e pediu que o ajudassem a chegar à sua cama. deitou-se para dormir quase dezoito horas seguidas. nesse sono encontrou gente bicéfala, muitos arco-íris de coração para coração, portas de cristal, pássaros de fumo, lagos de sangue, plantas observadoras, lábios pelo chão, gatos falantes, crianças com filhos de vento e tantas outras coisas mais que, entre o sonho e o pesadelo, o levaram para sempre para o profundo inconsciente. quando regressou, abriu os olhos e não soube dizer mais nada. a sua boca secou sem vocabulário nem qualquer expressão reconhecível.

passou a ter os olhos fixos em frente, sem reacção, igual a não estar ali estando.

a quitéria sentiu que o andriy chegava sempre mais fechado. mesmo que o silêncio fosse um pacto entre eles, o silêncio dele era mais fremente, como tinindo muito atraiçoado pelo nervoso dos músculos, pela intensidade do olhar parado a cada passo. a cada dia, o sexo poderia resultar melhor, mais agreste como elementar e tão animal, mas a quitéria talvez não pudesse já disfarçar o interesse imperioso de se aproximar dele, de o receber de um modo mais completo, como quem quer tudo. num domingo, pela tarde, muito poucos minutos depois de ele entrar e se juntarem na cama, a máquina avariou-se gravemente. rigorosamente, começou a estrebuchar como por falta de combustível, o barulho gutural e intenso, depois um esticão mais longo e muito breve até ficar imóvel. a quitéria retirou as suas pernas de debaixo da máquina e aproximou o olhar da cabeça. levou, acto contínuo, a mão ao rosto do rapaz. estava desligado. os olhos abertos sem expressão, completamente ausentes. o andriy desligara-se numa agonia comovedora. ela beijou-lhe o ombro, aproximou-se como abraçando-o e disse-lhe, eu sei, eu sei, andriy, não tenhas medo de mim, nunca mais tenhas medo de mim.

ele tinha medo, porque por ela perderia a possibilidade de ser feliz e voltaria à sua condição humana para aceitar que não suportava a ausência de notícias dos pais ou a fixação mais complexa por um sentimento que, genericamente, se chamaria amor. não foi nessa tarde que falou com a quitéria sobre a loucura que se tornara, e na verdade sempre fora, a sua vida. mas assumiu algo fundamental para os dois. tombado naquela cama, permaneceu horas inerte e sem solução, como abandonado ao cuidado daquele nada. acompanhado, pela primeira vez, numa quebra de tudo. numa falha que o expunha à quitéria, irremediavelmente vulnerabilizando-se e, sem o formular, confiando nela, como dependendo dela, oferecendo-se e aceitando-a também. e ela sossegou a casa como pôde, correndo a impedir quanto o pudesse despertar ou obrigar a uma mudança. era preciso que ele ficasse como num seu lugar. confortável. cuidado. e ela foi pôr-se num cadeirão observando-o pacificamente como a dar-lhe tempo. observando-o como sabia que ele tantas vezes fizera depois do sexo, quando ela ficava extenuada e adormecia. o amor, tão mal explicado, podia ser todo definido assim. por tão improvável que fosse tal modo de o exercer, o amor já era assim, era aquilo, e o andriy não o renegou, tão avariada máquina, permanecendo à mercê daquela mulher e, pela primeira vez na sua vida, a noite inteira. até à hora em que acordou e se preparou brevemente para começar uma semana de trabalho.

 a maria da graça sentiu inveja, honestamente evitando o assunto quando ele se colocou. não queria nada falar de amor, quitéria, odeio o amor, ou então não, estou só zangada, estou triste. não te podes sentir mal por mim, tens de ficar contente que isto me possa acontecer. sabes, graça, eu não entendo bem o que ele diz, e quase não diz nada, mas eu sei que ele me vê como alguém de quem gosta. acredito que eu seja das poucas pessoas de quem se aproxima no nosso país, e talvez isso ajude a confundir os seus sentimentos por mim, mas existe algo mais. desculpa, é claro que fico contente por ti, que assumas que estás apaixonada e que até faças planos para o conquistar, mas eu estou de luto, estou de luto, quitéria, entendes isso. eu entendo. eu é que talvez não devesse pôr-me cá com conversas sobre a minha felicidade. olha, havíamos de falar da nossa felicidade. encontrei umas horas para fazer. ainda bem. não chega a nada, são duas manhãs por semana, mas é um início. e tenho outro morto, amanhã. queres vir. não. eu disse-lhes que talvez levasse outra pessoa, mas não garanti. podias vir. quanto pagam. cinquenta euros. caramba, isso é dinheiro tão bom. anda comigo, graça, que se fodam as coisas todas, agarra a vida. quem morreu. o de sempre, um velho ou uma velha. antes de ser uma coisa triste é a natureza. a que horas. às oito temos de estar na capela. de cá. sim, no centro. então vou. e o andriy, vem hoje. tenho a certeza de que sim.

   às vinte horas, certo mas bem mais cedo do que a quitéria contaria, o andriy bateu-lhe à porta, entrou com a mesma roupa com que saíra naquela manhã e encostou-se logo à entrada com os olhos húmidos. fala comigo, andriy, fala comigo. e ele disse, meus pai mãe não ter notícias mais dois meses. mais dois meses e eu não pensar que são vivos. meus pai mãe esquecidos ou mortos.

   na ucrânia, muitos homens poderiam angustiar-se como o aleksandr shevchenko, era o que o andriy pensava. muitos homens tinham a cabeça enfraquecida por décadas de opressão num regime político que lhes fora imposto literalmente pela necessidade de comerem. o meu pai, eu juro, é homem bom, dizia ele à quitéria, é homem muito bom mas cabeça má para saber o que verdade e o que mentira. muita mentira na ucrânia com fome. muita fome que traz mentira. meu pai tem cabeça burra mas de coisas boas em coração, como acredita em avô do frio. era como quem acreditasse no pai natal e sonhasse ainda no dia seis de janeiro, queria ele dizer, quando ceava e se reunia com a família a degustar os doze pratos típicos da celebração. o sasha aprumava-se impecável, com as suas calças e camisa turcas e era, momentaneamente, como uma criança muito bem comportada, a ver quando da neve podia surgir uma figura sagrada que se lhes juntasse e começasse uma grande e inesquecível festa.

a resposta da quitéria foi estranha, muito estranha para ela e quase ininteligível para ele que, à custa de nunca ter ouvido aquela palavra em português, mesmo já a conhecendo, não lhe assacaria as ilações devidas, ao menos não em toda a sua extensão. a quitéria abraçou-o, chegou a sua boca à dele, enquanto ainda algumas lágrimas lhe corriam pelo rosto, e humedeceu-se também, muito levemente, como mulher madura, experiente, emocionando-se com um filho, respondeu-lhe então, amo-te. pôs outro prato na mesa e dividiu a massa, a carne, o vinho e o pão por dois e não quis saber de nada. no seu íntimo, a quitéria decidiu estender-lhe a mão e ficou disposta a que ele lhe pedisse imediatamente o braço. jantaram, colocou a louça na banca para se ocupar com ela apenas no dia seguinte e preparou depois o quarto, enquanto ele se banhava e se sentia ligeiramente pertença daquele lugar.

a ekaterina e o sasha poderiam ter sido apanhados pelos soldados que este tanto temia. era o mais certo, que afinal o sasha dissesse a verdade e alguém estivesse no seu encalço para o punir pelos actos errados que cometera. ou podia ser que a ekaterina tivesse desistido, fugindo e abandonando o sasha que, sem ela, seria imprestável até para se alimentar dos ratos que passavam na garagem. meses antes, a ekaterina estava na cozinha, como quase sempre, ao pé da janela, recebendo um ténue raio de sol que lhe dava a sensação pequena da primavera. estava longe de si mesma quando o sasha entrou e gritou por socorro. no chão do quarto havia uma poça de sangue que ele vertera por se ter cortado num braço. julgava estar a tratar de uma ferida quando espetou a navalha na carne e viu o sangue jorrar com tremenda surpresa. começou por atravessar os dedos no corte e a acreditar que em segundos a pele se fecharia de novo e o sangue estancaria. ficaria com uma cicatriz, pensava, uma marca da guerra que provaria o quanto lutara dignamente pela sua causa. a ekaterina correu a buscar curativos e afligiu-se, enquanto as dores dele aumentavam e o medo de piorar o tirava da mais recôndita realidade para o levarem até onde não se sabia. naquele momento, a ekaterina poderia ser uma enfermeira que ele nunca vira ou mesmo um bicho-da-seda que cosia delicadamente um manto junto ao corpo do sasha. ele observava-a gemendo de dores e muito incrédulo. não entendia nada do que acontecia, nem mesmo que, um dia, num daqueles ataques de abstracção, se poderia matar, ou matar a ekaterina, convencido de que faria o melhor para a sua causa e a glória estaria à sua espera ao virar da primeira esquina. a ekaterina deitava-se mais triste ainda nessas noites. as mãos limpando as lágrimas no escuro, a chorar num silêncio absoluto, e ele já como uma criança, sonhando, ali ao lado. era, na realidade, como um leão de fantasia que, subitamente, podia ganhar vida e, obviamente, trazer no estômago toda a grande fome ucraniana. o medo, permanentemente, era quase palpável. um amor cheio de medo e palpável. a cada segundo passível de acabar, o amor, o medo seria para sempre.

    noutra ocasião, uns tempos antes, a ekaterina revoltou-se com a insistência do sasha em que se escondessem debaixo da cama. ele puxava-lhe os braços desesperado para a proteger, ela magoada, a pele ficando marcada pelas suas investidas, a recusar ajoelhar-se e enfiar, por fim, o corpo pelo exíguo espaço debaixo da cama. está sujo aí, sasha, é só pó, não quero meter-me aí, larga-me, por favor. e ele alucinava enquanto os soldados se aproximavam e já começavam a espreitar pelas janelas e se podiam ouvir as vozes deles que diziam coisas terríveis, vamos apanhar-te, aleksandr shevchenko, vamos degolar-te para aprenderes o caminho do inferno. o sasha tapava os ouvidos e temia responder, parecia querer tirar os soldados de dentro da cabeça e só o podia fazer escondendo-se. e os soldados insistiam, aleksandr shevchenko, dentro de um minuto estamos no teu quarto, violamos a tua mulher e matamos-te. e ele ia perdendo mais o tino e a ekaterina farta e mais farta daquilo e até dele e a recusar quando ele lhe gritou, deita-te, estúpida, deita-te, assassina. e não satisfeito agrediu-a na cara e ela caiu chorando. quando se levantou, num segundo a seguir, furiosa, a ekaterina libertou-se atirando o sasha contra a parede num golpe violento e sem piedade. naquele momento, o débil sasha colou-se todo de encontro à superfície inflexível da parede e perdeu os sentidos. foi verdade que ela se precipitou sobre ele convencida de que o poderia ter matado. meu deus, sasha, meu amor, estás bem, diz-me que estás bem. e ele apenas perdera os sentidos, o que não era completamente mau, por lhe cortar drasticamente o ensejo em que estava, impedindo que escalasse mais ainda a psicótica visão que o dominava. ela acabou por deitá-lo e deitar-se também. as mãos a limparem as lágrimas do rosto. muito mais triste. sempre muito mais triste.

    o andriy deitou-se, virou-se para o lado da quitéria e ficou a vê-la. não sorria, mas poderia sorrir. estava confortável. sabia que ali teria uma motivação, ainda que lhe parecesse tão pálida, para sobreviver. acabou por adormecer sem a beijar, sem lhe tocar. apenas cansado e ocupado com aceitar-se como um complexo orgânico e, se calhar já não infelizmente, nada maquinal. foi a quitéria que o beijou ao de leve no rosto, os olhos fechados, velando-lhe por instantes o sono. na ucrânia, onde quer que estivessem os pais do andriy, haveriam de sentir que o filho estava bem. estaria bem, pensava a quitéria. agora o andriy estaria num país de gente delicada que o queria, que já nem o deixaria ir-se embora nunca mais.

a quitéria adormeceu para sonhar com a maria da graça. o andriy adormeceu para sonhar que era um artista de circo pendurado como funâmbulo nos fios frágeis dos cabelos da mãe. se atravessasse até ao fim, tombaria pelas orelhas dela adentro e saberia o que pensava e descobriria porque não lhe escrevera mais cartas. descobriria, talvez, a verdade sobre os homens mortos pelo pai.

o que haveria de surpreender deus era fácil de escolher, um cif líquido marine que ganhasse braços e pernas e fosse muito bem educado para as coisas da limpeza. ai a educação dos objectos, ria-se a maria da graça, já pensaste bem, se aprendessem o que lhes disséssemos e se comportassem direito sem refilar. a quitéria respondia, tu estás louca, mulher, dá-te por feliz de teres este palácio para passar com cif e cillit bang, porque isto de trabalhar para gente rica com produtos de gabarito é mais fácil duas vezes. achas que isto é do estado. sei lá. deve ser. ajax fabuloso lava tudo opção montanha. cala-te, não me faças rir.

por vezes, aparecia um serviço maior, uma limpeza profunda numa casa qualquer que se ia vender, que se ia finalmente habitar ou simplesmente que se poria pronta para a páscoa ou outra festa qualquer. aquele casarão era antigo, escadas de pedra, tijoleiras desenhadas havia cem anos, os vidros cheios de madeirinhas a entrecortar, quase como vitrais da igreja, mas sem cores. as duas apreciavam sobretudo a ajuda dos bons produtos de limpeza para aquela aventura de dois dias. se deus viesse à terra dos trabalhadores poderia encarnar numa embalagem destas. eu entenderia que deus fosse uma neoblanc azul denso activa com pernas e braços e uns olhos a saírem daqui de dentro, porque é muito bonita, não respinga e cumpre a sua função como nenhuma outra. talvez devesses usar esta com o augusto. a maria da graça riu-se e respondeu, e achas que tenho dinheiro para o matar com uma lixívia gourmet. que é isso, perguntou a outra. é o caviar das lixívias. que palavras sabes tu, maria da graça. sou um papagaio, só repito a voz do outro. não digas isso, que coisa triste, está morto. tens razão, haviam de morrer as suas palavras também. esquece-o, graça, limpa o que tens a limpar e esquece-o. é mais fácil limpar a dizer asneiras, quitéria, e eu acho que vou dizer sempre muitas asneiras.

a terra dos trabalhadores, pensou a maria da graça, deus talvez nem saiba onde isso fica, se isso fica assim metido entre a terra dos outros homens e das outras coisas. pousava a vassoura no chão, acumulava o pó num canto, via-o amontoar-se como uma obra a crescer. quanto mais pó, mais trabalho à mostra. depois o detergente para o chão, depois as ceras, depois deixar secar e rezar para que ninguém por ali passasse antes de estar seco, ou ficariam marcadas as patorras do burro que destruiriam o brio do trabalho das mulheres-a-dias. talvez pela injustiça deus devesse aparecer numa altura como essas e não só limpar de novo, e com a mesma impecável qualidade, como dotar as mulheres de uma força mais incansável, uma energia feliz que não se esgotasse e pudesse contentar os patrões para que lhes pagassem sem hesitação o dobro das misérias que lhes pagavam.

aceitei a casa do andriy, disse a maria da graça, aceitei. e a quitéria levantou-se num salto e regozijou, e só agora me dizes. aproximou-se da outra e debicou-a de um lado e do outro e cacarejou um bocado sobre a alegria de ter a melhor amiga a fazer um serviço, ainda que de duas horas por semana, na casa do andriy. aquilo eram seis homens dentro de um apartamento pequeno e haveria de estar mais sujo do que as bermas das ruas. quando vais, perguntava a quitéria. vou às terças ao fim da tarde. faço limpeza à casa de banho e à cozinha, assim meio a correr, porque em duas horas não dá para muito. a dividir por todos não toca quase nada. quanto pediste. quatro euros à hora. é justo. é pouco. morremos à fome. nós e o mundo inteiro. quem é que come hoje em dia. sei lá. e que mais. mais nada. larga-me o andriy, mulher, mas aos outros cinco marmanjos dá-lhes forte, que hão-de ser bonitos e espertos o suficiente para te tirarem a estupidez do corpo.

a maria da graça vira aquela frase da quitéria. vira-a perfeitamente, como ela estando deitada sobre uma cama e os cinco homens loiros, de pele clara, mexendo-se em seu redor como se a exorcizassem. agarrou de novo na vassoura e foi juntar trabalho ao canto da sala incapaz de impedir um arrepio leve no púbis, uma pequena electricidade que faiscava tão ligeiramente em direcção ao sexo, entrando pelo sexo e acordando-o maliciosamente. o cabo da vassoura pareceu endurecer e ela pensou que as coisas desobedeciam à educação que tanto apregoara para que se pudesse impressionar deus. varreu quase corada, ansiosa, excitada como não se sentia havia bom tempo. na verdade, secretamente, percebera que lhe faltava o sexo, que quereria e até precisaria de sexo, talvez metendo-se na casa dos seis homens com a firmeza de quem esperava que ao menos um fosse macho com ela, sem rodeios, a obrigá-la a assumir-se como fêmea e nenhuma negativa. a estupidez, se era aquilo, saía-lhe do corpo rapidamente, pensava, e havia de voltar à esperteza de outros dias.

naquela tarde, a maria da graça foi chamada ao posto da polícia. a agente quental fixou-a longamente quando entrou e se deixou calada de encontro à parede. espere um pouco, disseram-lhe, e a agente, mais ao fundo, levantou os olhos e mediu-a desconfortavelmente. depois, aproximou-se e perguntou-lhe, achava que isto ficava assim, um homem morto enterra-se e quem fica vivo já pode dormir. e a maria da graça respondeu-lhe, não fui eu que o matei, acho que tenho o direito de dormir. falta saber onde, disse a outra. e que me queria dizer, senhora agente. quero fazer-lhe umas perguntas sobre o seu amante, coisas simples que uma mulher tão íntima do falecido não pode ignorar. a maria da graça sentou-se, pensou que não se sentiria íntima do maldito e que não saberia nada do que pudesse agradar à agente. queriam saber se tinha conhecimento da conta bancária do senhor ferreira, uns bons milhares de euros, aos muitos, como dizia, metidos em vários bancos à espera de alguma coisa. a maria da graça respondeu que não, que a ela pagava-lhe uma coisa certa de todos os meses e sem grande generosidade, na verdade. sabe que o vosso acordo era ilícito, senhora maria da graça pragal, sem recibos, sem impostos, como se faz no crime. não é um crime, é a necessidade de trabalhar, e quisera eu que me pagassem de lei, com descontos e reforma para velha, porque na vida que ando envelheço mas não devia. a agente entortou-se na cadeira e disse-lhe, é que me vem aqui uma ideia na cabeça que me diz que há mais dinheiro, porque será, senhora maria da graça pragal, porque será. não sei, a mim não me vem nada à cabeça, porque será. a senhora limpava-lhe a casa quatro dias por semana e não descobria nada, assim por acaso, nos móveis, nas gavetas ou, mais estranhamente, atrás dos vasos ou sob os tapetes. eu não. nunca descobri mais do que pó, se é a isso que chama estranho. mas a casa é velha e desfaz-se em pó, como tudo, só que mais depressa. não havia de se desfazer em dinheiro, pois não, isso é que seria estranho, uma casa a desfazer-se em dinheiro, ironizou a agente quental.

   o maldito tinha espalhado por toda a casa quantidades magníficas de dinheiro. dinheiro grande, para comprar casas e carros, posto debaixo dos tapetes mais estúpidos, os da casa de banho ou da cozinha, ou posto atrás das cortinas da sala. estava por todo o lado, mesmo à espera de ser encontrado. a maria da graça encolhia os ombros e não fazia luz sobre nada daquilo. não entendia. nunca vira tal coisa nos arrumos constantes e se estava assim o dinheiro posto era coisa da loucura da morte que dera ao maldito. e esse amor que lhe tinha não seria suficiente para a cobrir de ouro, perguntava a outra. a mim não me cobriu de nada, senão como os cães fazem à cadelas, se quer que lho diga. e não tem vergonha. de quê. de fazer como as cadelas. só não aprendi a ferrar, tenho pena. e não era amor, era como os cães, pense lá bem. não estará você rica, senhora maria da graça pragal. só de espírito, que já não é pouco, é preciso que nos saia a estupidez do corpo quando quisermos ir para o céu, e a experiência da vida é que nos espana a estupidez, foi uma amiga que me disse. tenho a certeza absoluta. e já não ama o senhor gregório ferreira. amo sim, amo muito, mas não adianta nada ficar a amar os mortos porque não se podem atirar para cima de nós e nem sequer podem latir. é importante que continuemos. é uma mulher muito forte. como supera as coisas. trabalho, quando tiver vontade de chorar faço de conta que as feridas que tenho nas mãos se abriram e me queimam. é mais fácil admitir as dores do corpo que as da cabeça ou do coração. pois a mim muito me surpreende quando diz que ele não a amava, porque as mulheres não se deixam levar muito tempo por um homem que não as quer. pense lá melhor, eu sou só uma mulher-a-dias, não tenho cultura para lhe ensinar coisas tão importantes, pense duas vezes se quer que lhe responda.

    era um estupor de homem mais maldito do que poderia imaginar. que fosse abastado era de ver, mas tão rico que pudesse quase brincar com o dinheiro, tendo preferido matar-se ao invés de generosamente ajudar quem se atarefava com ele, era de um egoísmo que a maria da graça não conseguia perdoar. estava para ali acusada nem sabia bem de quê, e pobre, a aceitar duas e três horas de cada vez em casas distintas, distantes umas das outras, que a fariam andar e cansar-se antes mesmo de começar a limpar, e saber que poderia ter tido no velho um amigo que mudasse a sua vida, para não pensar mais num amante, num amado, o homem por quem daria tudo, que não lhe dera nada, rigorosamente nada daquilo que preferira deitar fora.

grande filho da puta, dizia a quitéria, e tu pára-me de chorar, que já nem devias chorar por esse maldito. punham-se no centro do grande salão da casa antiga que limpavam e sentavam-se por momentos. não havia de ser por uns minutos de descanso que estragariam o resultado para o prazo combinado. sentaram-se como duquesas a conversar de assuntos delicados. sim, duquesa, compreendo as suas dores, esse cavalheiro partiu-lhe o coração e desrespeitou-a, mas na sociedade estas coisas são frequentes e logo outro nobre se interessará pelo seu corpo e o quererá usar. cala-te, quitéria, ainda me deixas mais enervada com isto. sim, duquesa, vou calar-me para apreciar a decoração refinada da sua casa. posso chamar o empregado para nos servir uma pila. a maria da graça começou a rir-se entre as lágrimas e disse, quase sem pensar, ai que falta me anda a fazer, que vontade de ter uma. sua malcriada, uma duquesa nunca diz as coisas assim, faz sempre de conta que não tem pita e que não há cá desses calores no seu país. que burras, as duquesas, mais vale não ter palácios e viver ali no social. ri-te, malcriada, ri-te. o que nos vale é que somos tão do fundo da sociedade que nem temos direito a ir abaixo, já lá estamos por natureza. o nosso caminho só pode ser subir. sim, duquesa, monte o cavalo branco e venha comigo passear sorrindo e cantando coisas alegres. ai meu deus, por favor faz lá pernas e braços nestas embalagens que a gente ensina-lhes truques para limparem o céu.

no apartamento do andriy viviam mais o mikhalkov, trinta e seis anos, russo de moscovo, o ivan, vinte e nove anos, ucraniano de kiev, o viktor, trinta e quatro anos, ucraniano de vesele, o serguei, quarenta e um anos, ucraniano de barvinkove, e o ivanovich, que era filho de um ivan, mas não do companheiro, tinha vinte e quatro anos, era russo de ryazan. não seriam todos belezas masculinas irresistíveis, na verdade, o andriy estaria muitos pontos acima dos colegas, pela juventude e talvez pelo interior um pouco mais iluminado de sensibilidade. dos colegas, o viktor seria o mais interessante, nada loiro, olhar profundo, as mãos como pás de tão grandes e grossas, a pele seca de pedra, um bruto, mas de feições recortadas muito simétricas, as pernas extremamente compridas davam-lhe uma elegância rara, os ombros eram proporcionados e fortes. a maria da graça estava com ele sozinha, enquanto ele dizia que já sairia, tinha um biscate a fazer e já a deixaria tomar a casa de banho. e ela dizia que não se preocupasse porque, se fosse preciso, demoraria mais para tornar tudo limpo e não o cobraria. ficou na cozinha a estender toalhas e a espreitar pelo canto do olho quando ele a viria dominar. não precisaria de dizer nada, apenas chegar e colocá-la mecanicamente a seu serviço. não era de lhe levar a mal que a quisesse, se o melhor que podia acontecer entre duas pessoas era quererem-se. mas ele demorava-se e ela já não sabia o que fazer à cozinha e, por isso, ia perguntar-lhe a medo e mais vontade de passar do medo para o ataque, viktor, já limpei a cozinha, acha que ainda demora aí dentro. e ele fechava a água que corria e respondia, um minuto. depois abriu a porta, de toalha igual a saia, e mostrou-lhe o peito musculado. ela intimidou-se atirando os olhos ao chão e sentindo o vapor fugindo porta fora, aquecendo-lhe o rosto. ele esgueirou-se num sorriso, foi vestir-se, e ela entrou na casa de banho sozinha, a olhar para os azulejos húmidos sentindo-se ridícula e feia. voltou à cozinha para buscar panos e detergentes. fez aquele curto percurso com a esperança última do desgraçado. talvez ele escutasse os seus passos mínimos e se enchesse de coragem para exigir, pelos oito euros das duas horas de serviço, um extra merecido, porque não estava fácil conseguir trabalho e eram muitas as mulheres que aceitariam estar no lugar da maria da graça. ela abrandou o passo, abrandou mais, parou até no interior da cozinha imaginando mil vezes o corpo dele assaltando-a naquele instante, e depois refez o caminho de volta, tão curto, curto de mais para que fosse tempo suficiente para um indeciso tomar uma decisão. e ele nada fez. saiu mais tarde uns minutos, lavado e sensual, para um biscate que ela, por despeito, quis acreditar como sendo mentira. o viktor estaria seguramente a caminho de uma mulher, uma qualquer sortuda que ficaria com o que tão cruelmente escorrera pelos dedos da maria da graça. ficou passando o pano nos azulejos, já depois da hora devida, secando-os como secando lágrimas. e no meio das pernas um bicho cada vez mais vivo. capaz de lhe ferrar os dedos.

 pôs-lhe a mão, primeiro ao de leve, depois como uma pancada mais rápida e como se fosse só para conter a vontade de urinar. mas a vontade de urinar não era nada igual. e o seu sexo estava já dilatado, a humedecer a roupa interior e a pedir-lhe que lhe tocasse outra vez. apoiava-se no lavatório, olhava para trás, para a porta entreaberta do quarto do viktor. pensava no viktor e no ivan ali metidos, no calor dos seus corpos, o espaço dos seus músculos dentro de um tão pequeno lugar. a mão percorrendo os elásticos da roupa interior e o corpo todo à superfície. a maria da graça sentia o corpo todo à superfície. a vir cá fora para deitar peito ao mundo e enrugar-se de violenta vontade. poderia ter-se masturbado como nos tempos de solteira. poderia ter-se dominado a ela própria, servida de homens só pela fome ou pela invenção do desejo. e a sua mão entrou-lhe pelo sexo adentro quase grosseiramente, castigando-se até, perdendo o controlo. mas nesse momento o trinco da porta cedeu e alguém entrou. àquela hora já não se esperava que ela ali estivesse. o mikhalkov surpreendeu-se, sorriu e reparou no agitado das mãos da mulher. um rubor na pele que lhe exalava o ar, poros todos, como a sofrer. o mikhalkov pousou o que trazia na mão, entrou na casa de banho e tomou-a sem licenças. ela disse-lhe, por favor, por favor. e ele não teve dúvidas de que lhe implorava que a tivesse. era uma gorda portuguesa, como as outras, raça em que se especializara e da qual extraía realmente o motivo para sobreviver em portugal.

o sexo científico, pensava a maria da graça. feito de muito intelecto para levar ambos os parceiros ao limite do prazer. dizia à quitéria, é um doutor, devia estar numa universidade a fazer às raparigas o que os rapazes todos pudessem aprender. a outra ria-se e dizia-lhe, estás há tanto tempo metida com a velhice que já nem te ocorre como se é feliz na juventude. o augusto, que não era um velho, nunca fazia amor daquela maneira. nos últimos anos doía-lhe sempre a barriga, e mesmo antes era mais preguiçoso. gostava de ficar quieto à espera que ela desse as voltas todas. o mikhalkov tinha patas de urso, sem esforço o corpo roliço dela punha-se todo a jeito do que ele magicava. nos estendais, a roupa seca dobrando-se à pressa para a bacia, elas riam-se e o portugal aninhava-se por ali muito deprimido. a maria da graça dizia, olha, bem que me podias ficar com o cão de vez em quando, assim durante o dia, tenho pena do bicho, já viste como está. ai o bicho, respondia a quitéria, anda a dona na boa vida e não há cadelas para o saco de pulgas. disse que sim. que o ia buscar de vez em quando para lhe dar biscoitos e lhe fazer festas. e que mais, perguntou.

o senhor ferreira acreditara mesmo que todo aquele dinheiro haveria de ir parar às mãos da maria da graça, ganho assim a compasso de trabalho, à medida que ela fosse correndo a casa com o seu pano de pó ou vassoura. o imbecil acreditara que a casa ficaria inviolada e que a maria da graça seguiria o seu ofício sem interrupção para descobrir quanto ali deixara para ser descoberto. era o modo como receberia de prémio toda aquela fortuna mal escondida, como quase a manifestar-se, à espera de que a lida da casa passasse por ali, como por etapas bem definidas em que o trabalho se visse recompensado para sempre. o senhor ferreira divertira-se a escolher o lugar de cada maço de notas, rindo até, achando que, mais difícil ou menos difícil, cada oferta seria inequívoca para a maria da graça, que compreenderia várias coisas, independentemente de serem verdadeiras ou falsas. compreenderia que não lhe era indiferente, que ele sabia da sua condição financeira menos do que remediada, que gostava dela mais do que qualquer outra pessoa para lhe deixar tamanho presente, que considerava o seu trabalho digno, que gostava de a ver a trabalhar, que a amava, que se poderia ter casado com ela e até ter ainda um filho, se aos quarenta anos ela pudesse arriscar-se a ser tão feliz. a maria da graça mexia-se na cama incomodada com tais pensamentos e odiava-o por não ter tomado outras decisões. não era pelo dinheiro, que estaria nas mãos da agente quental, no mínimo corrupta, era pelo perto da felicidade que tinham estado os dois. e da felicidade deu um salto para o monstruoso das coisas. se ele se podia ter casado com ela, se era tão mais razoável querer casar-se ao invés de morrer, porque teria querido morrer e deixá-la sozinha, incapaz de realizar depois os sonhos. maldito seja, senhor ferreira, pensava ela, estupor, que lhe havia de ter acertado com uma jarra na cabeça para lhe mostrar como se decide uma vida.

o são pedro tinha a voz da agente quental e a maria da graça estava irritada. não me incomode, estou farta de para aqui vir e você nunca me atende. isto é o quê. pagamos todos esta porcaria e tenho os meus votos em dia, não hão-de ver-me aqui eternamente. não era seguramente uma repartição pública, ou seria. ela pensava duas vezes, claro que havia de ser público tudo aquilo, construído à custa da invenção de todas as almas. o céu, obviamente, tinha de obedecer a uma democracia perfeita, preparada para absorver toda a gente e encaminhar até os mais aparentemente imprestáveis. o que seria daquilo se todas as pessoas se rebelassem e exigissem um melhor tratamento. até às almas tem de ser conferido o direito ao protesto, que estar-se morto não pode ser sinal de imbecilidade, pensava ela, é claro que estar morto é ainda pensar, pensar mais, porque tudo se decide para sempre, não se pode brincar com uma coisa assim. faça-se uma greve, uma manifestação, uma porcaria qualquer que obrigue esta gente a respeitar quem para cá vem só para ser desprezada. quero ser atendida, bem atendida, com resultados que se vejam e não me façam perder mais tempo, dizia a maria da graça. o são pedro respondia-lhe, vá-se embora, parvalhona, não tem o que fazer. vá trabalhar. e ela dizia-lhe, maricas, tens voz de mulher, meu maricas. depois recuava e ficava a observar tudo o que acontecia. os vendedores revezavam-se, como estava certa de que seria feito, e muitos apareciam ali pela primeira vez, aborrecendo-a com ofertas imperdíveis, e ela esclarecia-os de que não entraria ainda no céu e que teria muito tempo para se lembrar da vida na terra e até para ali voltar, e dizia-lhes que não queria ser incomodada com ar de quem pediria um livro de reclamações e faria tudo funcionar de outro jeito. não se enerve, minha senhora, estamos só a fazer o nosso papel, olhe que não é fácil estar para aqui, quem sabe eternamente, à espera de uma oportunidade para redimir a alma, dizia um vendedor carregando a custo algumas estatuetas de pau preto. deixe-me passar, respondia-lhe ela, saia-me da frente, alguém tem de fazer algo que não seja o mesmo de sempre. agora, a maria da graça conhecia muito bem aquele lugar e sabia perfeitamente, ou julgava saber, como tudo se processava. desatou de novo aos gritos, olha lá, ó gordo, manda chamar aí o senhor ferreira. estás a ouvir. manda-o chamar porque lhe quero dizer uma coisa. e o são pedro, bojudo e meio corado, respondeu-lhe, vai-te embora, mulher, não entendes que não vale a pena morrer de amor. a maria da graça amargou e acordou. acordou, abriu os olhos no escuro e, antes ainda de começar a chorar, sentiu o corpo cair e voltou a dormir. entrou novamente no sonho, arreliada e com o caminho aberto até onde queria ir, porque não se deixaria ficar com tal desaforo. o quê, perguntou, o que estás a dizer, gordo. o que entendes tu sobre o amor se não fazes mais do que receber mortos, e o amor, meu burro, é todo feito de vida. ele respondeu-lhe, não te deixarei morrer assim, mesmo estúpida e tão malcriada, se quiseres passar por esta porta vais ter de conseguir melhor pretexto. ela desatou a gritar o nome do senhor ferreira. gritava-o alto para que a sua voz entrasse porta adentro até uma nuvem onde ele se estivesse a espraiar. gritou-o vezes sem conta, já toda a praça de gente petrificada a ver a sua dor. desistiu passado um tempo. exausta e ganhando a consciência de que teria de abrir os olhos, acender a luz e aceitar que estava em casa, em bragança, sozinha e viva, como sempre, irremediavelmente.

saiu do pesadelo à revelia porque, mesmo sendo um pesadelo, era o mais perto que tinha para estar do senhor ferreira. colocava-se diante do espelho, despia a camisa de noite e antes de seguir para o banho imaginava-se de noiva e não se convencia. já não seria noiva alguma. o senhor ferreira estava certo. ela não tinha cara de noiva. servia apenas para viúva.

o homem de ouro surgiu lentamente, como era hábito, e encontrou o andriy a trabalhar muito menos, carregando as coisas mais a custo e sem ânimo para lutar pelo dinheiro como outrora. o homem de ouro disse-lhe que era preciso lutar muito mais do que aquilo. era preciso pôr tudo em ordem o mais rapidamente possível, para que os patrões o quisessem muito tempo e muito tempo ele pudesse ganhar sustento suficiente. o andriy não interrompia o seu dolente trabalho. ia e vinha dos lugares como se tentasse espanar dali a estranha figura que, afinal, tinha muita conversa e pouca obra feita. e que fazes tu, perguntava-lhe o andriy, o que fazes por mim senão apenas culpar-me de ter vinte e três anos e sentir a falta dos meus pais, da minha terra, de mergulhar no frio uzh e apanhar um peixe que se assuste. assustas-me tu, e estou num rio chamado portugal. o homem de ouro perguntou-lhe, queres ir-te embora, andriy, tu queres voltar a korosten.

o sasha saiu numa noite de inverno quando as temperaturas caíram drasticamente e não havia vivalma nas ruas. marcava as botas na neve e talvez julgasse que com isso encontraria o caminho de volta, horas depois, sem ter medo. nessa noite, a ekaterina pressentiu que algo de errado podia acontecer. havia-lhe dito várias vezes que talvez não fosse necessário sair. disse-lhe que o andriy estava já a dormir e que teriam uma noite sossegada se ele quisesse optar por se deitarem também, verem um filme, conversarem sobre o bom da vida organizada que levavam. o sasha compreendeu que ela estaria carente, feliz também por se amarem tanto, e achou que tudo tornaria àquele ponto assim que voltasse. iria fazer o que lhe era devido e voltaria para recomeçar aquela conversa no momento exacto em que se suspendera. a ekaterina deixou-o ir e foi vê-lo à janela. o escuro intenso da noite contrastando com a brancura cândida da neve que subia cada vez mais. está a nevar muito, pensou o sasha, tenho só de manter o caminho, não parar, vai tudo correr bem. o que tinha para fazer era simples. levava no bolso a circular que era necessário passar mais adiante. o posto seguinte estava a uns quatro quilómetros da sua casa. com a neve não podia conduzir. a pé, no frio, demoraria uma hora, não menos, e havia que manter o ritmo para não entorpecer e congelar. a ekaterina não conseguia ficar ali sozinha, esperando, preferiu ir ver o pequeno andriy que estava no seu sono delicado. deitou-se cuidadosamente com ele e ficou a ver a pouca luz, como entrava e pousava na cor alegre do quarto, ainda que desbotando, já velha, como lentamente a lembrar a alegria de outros tempos. era só uma alusão à alegria. foi por isso que a ekaterina pressentiu claramente o perigo de ter ido o sasha noite dentro até ao posto seguinte. tudo parecia no tempo correcto para se desmoronar. a luz permanecia inalterada, mas ela ia turvando os olhos e nas lágrimas já não podia encontrar imagem alguma da felicidade. vamos ficar tristes, andriy, meu amor, vamos ficar muito tristes quando o teu pai voltar.

    não se percebia muito bem o que era ser-se espião num tempo histórico daqueles. e menos percebeu a ekaterina. acorreu à porta quando a sentiu abrindo e respirou fundo recebendo o sasha sujo, o casaco rasgado, um pequeno corte na sobrancelha. sentou-o num banco da cozinha e parou diante dele. ainda trazia a carta na mão porque teria sido incapaz de chegar ao posto seguinte. não disse nada por bom tempo e, quando disse, abriu a boca para falar nos soldados. dizia que o estado haveria de ir reclamar o seu poder à casa dos shevchenko e que teriam de estar atentos. estamos a descoberto, ekaterina, e estamos sozinhos. o andriy levantou um pouco a cabeça, a mãe passou-lhe a mão segura pelo cabelo encaracolado e garantiu-lhe que estava tudo bem. dorme, filho, está tudo bem. o miúdo voltou ao sono, tão inocente quanto abandonado. os pais fecharam-lhe a porta do quarto e, na verdade, começaram naquele instante a desaparecer. conta-me tudo, disse a ekaterina. conta-me tudo, sasha, por favor.

o andriy desprezou o homem de ouro e disse-o à quitéria. disse-lhe que não pensava só em dinheiro e que lhe importava ter família, contar com uma mulher como o seu pai contara com a sua mãe. ter família, quitéria, dizia ele, ter um mulher que nos cure doença. ela pensava nele doente como julgava ser inevitável. na sua cabeça, uma mãe cuidava de um pai doente. se não se apressasse, passaria o seu tempo de cumprir esse desígnio, como se inelutavelmente o devesse cumprir. a quitéria pô-lo a dormir uma outra vez sem sexo. apenas a conversa rápida do que o mikhalkov contara sobre a maria da graça. este dissera que ela era uma puta, talvez não tão gorda quanto as outras, mas certamente mais pervertida do que elas. a quitéria riu-se. explicou à maria da graça que talvez fosse melhor exigir do mikhalkov discrição maior. pensaram, russo de merda, boca grande de um estupor. riram-se outra vez. a maria da graça ainda sentia o pisado das investidas do homem nas suas coxas. eram umas nódoas negras de que se orgulhava, a ostentarem o desejo que ainda suscitava num macho concorrido e competente. quero mais, dizia ela, eu quero muito mais e tu, perguntou à quitéria, agora é todos os dias. a amiga calou-se, pediu-lhe cuidado, contar-lhe-ia se jurasse respeitar o que lhe passava pela cabeça. quero ir à ucrânia, disse então. vou à ucrânia com o andriy, não suporto vê-lo sofrer. com que dinheiro. não faço ideia. tenho poucas economias, e uma viagem para os dois é uma loucura, mas é como te digo, já nem descanso se não o levo lá a ver onde se meteram os pais. estarás apaixonada de mais, quitéria, não achas isso amor de mais, e quase não o conheces. não existe disso, mulher, nunca é de mais, onde ouviste tal coisa. tenho medo por ti, que te estejas a estragar e depois não tenhas retorno. compro bilhetes de ida e volta, terei sempre retorno, nem que faça o caminho a pé, é seguir para ocidente, hei-de vir parar à ponta da terra. não me vais agora abandonar aqui, sem ti vou para o hospício em pouco tempo. o que achas que aconteceu. ele acredita que o pai morreu, mas não sabe se terá matado a mãe. o próprio pai. sim. é maluco. mesmo maluco, sabes, de estar sempre trancado em casa com a mãe a medicá-lo a ver se sossega e dorme. isso é que é um trabalho. e a mãe está cada vez mais doente, de todo o modo. e já tens hora para o funeral. sim. vai ser às cinco da tarde. temos de lá estar às três. que chato ser em mirandela. não importa, já vi os autocarros. dá para ir e vir sem correria, e combinei tudo com a funerária. pareces uma empresária. tenho de ganhar dinheiro, graça, tenho de ganhar muito dinheiro, que isto de ir à ucrânia vai deixar-me à fome. não te entendo. julguei sempre que não tinhas coração e que nunca terias os mesmos problemas que eu. acho que fico com pena de ti.

    o mikhalkov chegou mais cedo e pôs-se rodando a maria da graça que largava os panos com que enxugava a banca da cozinha. espera, dizia ela, o viktor anda por aí,

foi lá fora mas já volta. ele começou por beijá-la, pondo-
-lhe a mão entre pernas e dizendo algo em russo. pára,
insistia ela agradada com aquela transgressão e até com
a possibilidade de o viktor entrar e os perceber envolvidos. que entrasse, pensava, e se matasse de inveja por ter
sido pouco inteligente ao desperdiçar os seus préstimos
na semana anterior. o mikhalkov descobriu-lhe um peito
e beijou-o. quando o viktor entrou encarou-os sem pudor.
não disse nada. fechou-se no quarto como se lhes desse
tempo para terminarem o que faziam. a maria da graça
sentiu que cobrava oito euros por ser puta. quando a quitéria lho dissera não vira as coisas daquele modo, mas
agora sim, com o sujeito a gemer sem problemas e ela
a pensar que estava a desbaratar o amor por um poder
triste que não lhe daria os homens, apenas lhos mostrava
de perto para depois a deixar ainda mais sozinha. saiu do
apartamento dos seis homens e pôs a hipótese de já não
distinguir o amor daquela violação a que se habituara a
proporcionar.

    se assim for, eu própria me violo, pensou.

    o mikhalkov limpou-se a um dos panos, sem preo-
cupação alguma, e ali o deixou, talvez para que um dos
colegas depois o usasse para enxugar uma faca ou outra
coisa qualquer. em casa, posta em casa como escondida,
a maria da graça lembrava-se disso e julgava ter sido um
exagero tudo o que acontecera. o que diria daquela vez
o mikhalkov ao andriy. poderia dizer algo com que este
se espantasse e até ofendesse. e se fosse coisa de espan-
tar até a quitéria, perguntava-se. não estaria a arriscar
muito ser uma puta até aos olhos da melhor amiga.

    acha que isto é morrer de amor, gritou, acha mesmo.
uma mulher apaixonada não se põe debaixo de qualquer
um, sabendo que vai ser usada como um traste sem vontade própria. não me aborreça mais, não me volte a dizer

essas coisas outra vez, à custa disso, ainda me convenço de que é por amor que morro, ainda me convenço de que estou a morrer, e deixo de trabalhar, deixo de comer. o são pedro não dizia nada, não se ria, não a provocava. deixava-a falar porque sabia que a maria da graça precisava apenas de desabafar. os homens, dizia ela, que querem os homens de nós. nós damos tudo, somos umas choronas e, mesmo que digamos que queremos ser tratadas por igual, o que queremos nós de verdade, queremos que tomem conta de nós, que nos protejam e nos deixem ser como as idiotas das nossas avós, umas fúteis sem preocupações com o mundo, sem saber quem foi o filho-da-puta do goya. goya, gritava ela, se estiveres a falar com o meu ferreira manda-o ao raio que o parta e vai tu também. seus cretinos. será que isto é morrer de amor, voltava a perguntar. as pessoas na praça habituavam-se já ao desatino grande da maria da graça. sentavam-se por ali perto a ouvir e talvez a julgarem, cada uma à sua maneira, que razão ou falta dela havia no discurso daquela mulher. mais de perto, por sinal, chegavam-se os homens, calados, também nem rindo nem provocando. escutavam a maria da graça e pensavam. ela cansava-se. chegava muito ao pé do são pedro, quase lhe tocava, e perguntava mais baixinho e quase desmoronando de medo, será assim que se morre de amor. o velho homem respondeu-lhe, vai-te embora, maria da graça, vai-te embora. não vês que já tens o pé na soleira da minha porta. deixa-me espreitar, por favor, deixa-me ver o meu ferreira. ainda que te deixasse espreitar, nada verias. tens os olhos vivos, e para ver o que cá vai dentro é preciso estar para cá da morte. ou então não amei o suficiente e não consigo morrer disso, contestou ela. vai-te embora, mulher, não te humilhes.

a maria da graça queria dar mil pontapés no cu de deus. entrar no paraíso e dar mil pontapés no cu de deus até que, por maior que fosse, inchasse de vermelho e lhe doesse ao sentar. seria de modo que aprendesse a inventar menores penas para quem não tivera escolha para chegar à vida. olhava para o caixão e dizia, não me avisaste de que era uma criança. é horrível, vou ter pesadelos. cala-te, graça, dizia a quitéria, eu também não sabia, e agora que aqui estamos é só ficarmos quietas e sentirmos os cinquenta euros entrar no bolso. não me sinto aqui bem. não me sinto bem, que queres que faça. quero ir-me embora. cinquenta euros, graça, salário de médico, não te esqueças. está bem, que seja pela medicina. cala-te. o padre ia e vinha a fazer pequenas coisas e algumas pessoas entravam para ver o menino que morrera. chegavam-se, diziam, deus seja louvado, e depois voltavam a sair como se estivessem apaziguadas novamente. aquele menino não era de ninguém. não tinha pais e só deram por ele quando tombou num campo por onde passaram algumas cabras a pastar. pobre miúdo, fica sozinho a ter conversas com o cretino do são pedro, continuava a maria da graça, estou a imaginá-lo todo importante a ser cruel com a criança como é com toda a gente. sossega, graça, sossega, estão a entrar pessoas e temos só de ficar caladas aqui ao pé do caixão, mais nada. estou cansada, custa-me ficar calada. falar cansa. estou farta de mortos. quem é aquela. não sei. olhe lá, ó senhora, não pode deitar as flores abaixo. ó senhora. a mulher está louca. espera, deve ser alguém que conhecia o miúdo. peço desculpa. é que as flores estavam postas ali. peço desculpa. é melhor sentar-se. não quero. espera, graça, senta-te. não sinto nada, estou bem. posso ajudar. quero levá-lo para casa. que casa. quem é a senhora. e quem é a senhora. estou aqui da parte do padre.

graça, espera. é melhor sentar-se um pouco, a senhora não se está a sentir bem. estou, sim. conhece o menino. conheço, e quero que volte a casa antes de ir a enterrar. pois, isso não deve ser possível. a senhora não pode deitar as flores abaixo, estivemos um bom tempo a arranjá--las. saia-me da frente. graça. saia-me da frente, mulher, não me irrite. eu parto a cara a esta. santo deus, nem na igreja se consegue sossego. a maria da graça arregaçou as mangas e assentou a mão pesada na outra que insistia em pisar as flores, os óculos de sol seguros na mão direita, a carteira na esquerda, os saltos altos fiando plásticos e folhas e outras porcarias em que se tornavam os arranjos simples que ali haviam sido postos. chamaram-se putas, puxaram-se os cabelos, conseguiram juntar na igreja umas cinquenta pessoas num tempo recorde assinalável. o padre chegou então. repôs o caixão ao centro dos tripés, empurrado que tinha sido na confusão da briga, e lançou-se a elas para as apartar. a quitéria do outro lado, ainda sobrando para si umas palmadas, forçando a maria da graça a parar sem grande sucesso. quando pararam, em coro as pessoas ali reunidas dizendo, que pouca vergonha, olharam-se despenteadas e roxas, o suor e as lágrimas escorrendo face abaixo numa catarse tão mal feita. a maria da graça sentia que dava mil pontapés no cu de deus. a outra senhora, a etelvina, sentiu que seria perdoada se expusesse o seu desespero, uma tão grande loucura. estavam sozinhas, uma para cada lado, sozinhas lá por dentro como pouca gente poderia imaginar. através do ódio que criaram uma pela outra reconduziram--se à reclamação do juízo de deus, queriam, definitivamente, morrer. e a quitéria pedia, não digas isso, graça, não digas isso. quero morrer, repetia a maria da graça, não quero estar aqui nem em lugar nenhum. eu quero morrer. a quitéria abraçou-se a ela e respondeu-lhe, não posso ir contigo, graça, não posso ir contigo à porta da morte e pedir que esta se tranque ainda, são coisas da tua cabeça. a maria da graça respondeu, mas alguém devia ter ido com o miúdo, uma criança não devia morrer sem ninguém. naquele instante, a etelvina começou o seu pranto e amoleceu como amoleciam as águas por natureza. fitou o desespero da maria da graça e disse, morreu comigo. a quitéria largou a maria da graça daquele abraço longo e ela amansou tão somente por olhar para o rosto devastado da etelvina. foram dois segundos, e a maria da graça disse, peço desculpa. a etelvina correu igreja fora, desaustinada sem confessar o que lhe ia no espírito. todos a viram fugir como se fosse covarde e estivesse perante um crime. e o menino permanecia inerte. fizeram-lhe festas e começaram a rezar.

a caminho de bragança a maria da graça ia já mais sossegada e até apenas meio consciente do que fizera. estava a secar de novo, como uma peça de roupa, sem lágrimas, sem sentimentos, acompanhando o ritmo trôpego do autocarro como se balançasse ao vento. e mais seca se tornava perante a incredulidade da quitéria, entre furiosa e cheia de compaixão. era mais do que certo que aquela funerária de mirandela não a chamaria outra vez para carpir nem uma mosca, e isso, num ano, significava uns cinquenta euros vezes sete. a ideia de lutar dentro de uma igreja, com palavrões púbicos e tudo, haveria de ser da maior burrice possível. só possível para quem perdesse o tino de verdade. encarava a amiga calada e pensava, graça, estás a ficar louca, já nem te sustentas do juízo o suficiente para respeitares a vida tão simples que levamos. porque estás a olhar assim para mim, perguntou. vais bater-me também. pagaram-te. pagaram, mas para ti nada, claro, e foi a última vez. vais ver que não. não foste a culpada. acho que ficaram com medo de nós.

e quem era a outra. a etelvina. era mãe do miúdo, perguntou a maria da graça. não, respondeu a quitéria. o que lhe queria então. não sei. o padre diz que é boa senhora. que merda. já é tarde, são quantas horas. não tenho relógio. o andriy deve estar à minha espera. talvez se deite. deste-lhe a chave da tua casa. dei. fizeste bem. é preciso acreditar. cala-te, graça, eu hoje nem te posso ouvir.

o casarão que haviam limpado estava preparado para festa. era do estado, com toda a certeza, havia uma passadeira vermelha estendida pelas escadas da frente e muita gente com ar de segurança e criada de servir. as duas passaram por ali lentamente, à espera de entenderem o que arranjavam para aquela noite. tinham na memória cada palmo do palácio, como lhe chamavam, onde tinham sido duquesas brevemente, e dependera delas o brio com que estava para receber dignos visitantes. num sentido muito lato, aquele lugar era um pouco delas. detiveram-se perto, já ansiosas por perguntar a alguém quem ali viria. mediam as pessoas passando, porque não abririam a boca para qualquer um, esperavam por quem lhes parecesse mais simpático, capaz de olhar para elas e reconhecer rostos amigos. o presidente da república era recebido num jantar importante. os senhores do protocolo, eles mesmos, explicaram cuidadosamente o propósito do evento e sorriram. a quitéria respondeu, fomos nós que limpámos tudo. dizia-o como se esperasse que as deixassem entrar, cumprimentar o presidente da república, talvez, e até comer entre os políticos e empresários mais respeitáveis do norte aquelas comidas de vários garfos e facas, dispostas em pratos de tamanhos diferentes em quantidades de se ficar com fome. no seu olhar, perante o lavado dos colarinhos protocolares, atonou a ingenuidade mais pura, uma esperança pequenina mas tão bonita de achar que alguém a colocaria de igual com o próprio presidente da república. assim mesmo, cansada de um dia de trabalho, num luto profissional que lhe abatia também o rosto, que lhe acentuava as olheiras e anulava grandemente no já desbotado mundo, a quitéria pouco se importaria de entrar e assumir que não era tão feita de porcelana, e orgulhar-se-ia de ser barro, uma matéria mais da terra e a parecer terra porque, de qualquer modo, haveria de se desfazer em pó como toda a gente. ela dizia, gosto muito do senhor presidente, é um homem tão educado e elegante. e a maria da graça sorriu, pois é, anuiu de igual modo ingénua, nem parece ter a idade que tem. o senhor do protocolo fez um gesto de despedida, deu meio passo atrás e a quitéria insistiu, o senhor também é muito bonito, assim vestidinho, parece que se vai casar. a maria da graça acrescentou, case-se comigo, senhor, por uma formosura como a sua deixo o meu augusto no mar ou afogo-o na banheira se for preciso. o homem riu-se, seguiu depois tão satisfeito para dentro do casarão, onde o chão brilhava impecável com tanto detergente e esfrega que as duas mulheres ali tinham passado.

o casarão, visto de mais longe, e depois de mais longe, e ainda de mais longe, era sempre uma fogueira na noite de bragança. um organismo vivo que as atraía. olhavam para trás, paravam até, sem quererem ir embora a enfiar-se no bairro social onde viviam. sabiam perfeitamente que o lugar delas não era aquele, e não ficariam a aborrecer as pessoas como ficaram alguns vizinhos, pregados naquele chão como a babarem-se de curiosos e coscuvilheiros barulhentos. elas sabiam que o casarão já lhes pertencera por dois dias, realmente, por ter sido colocado à mercê das suas neoblancs e cifs e outras coisas milagrosas que, se não fossem usadas com ciência, poderiam desbastar até as pedras mais duras e desmontar tudo em cima daquelas cabeças não sobrando nada para ninguém. quando pensavam brevemente nisso, sentiam que num instante lhes fora conferido um poder, e o seu uso correcto fazia-as entrar no bairro social sem medo que um bicho caísse do escuro do céu e lhes mordesse o ombro violentamente. o pé direito na soleira, um sorriso, a maria da graça finalmente entendia como impossível a atitude agressiva daquela tarde. lembrou-se da etelvina, lembrou-se do menino e compadeceu-se por ambos. uma criança que vá sozinha à morte, pensou, não está certo. a quitéria disse-lhe, dorme bem, graça, se precisares de alguma coisa, chama-me. depois, abriu a porta e viu o andriy.

estavam de volta ao interior do grande casarão e limpavam o pó e conversavam despreocupadamente. diziam que fazia um sol incrível e que o verão, assim que chegasse, haveria de ser insuportável. a quitéria repetia, se precisares, claro que sim. a maria da graça respondia, muito obrigada, quitéria, muito obrigada. depois, levantaram-se as duas e concordaram que estava bem, seria aquele o momento certo. o caminho para o céu afinal era mesmo por ali, saíam para as traseiras do casarão, tudo estava tão limpo e luminoso e a relva começava a dar lugar à pedra velha da praça, às vozes numa azáfama tão constante, e a quitéria dizendo, vou contigo, não tenhas medo. a maria da graça não estava com medo, estava confiante e ia acelerando o passo atravessando a grande praça e desviando os vendedores. está comigo, dizia, ela está comigo, só vem fazer-me companhia, não é para entrar. as pessoas já se riam dela e comentavam, que raio vens tu fazer agora, qual é o teu plano. e ela respondia, eu tenho de provar a todos que não sou maluca e que isto é uma rebaldaria às portas do céu. o são pedro, observando já as duas mulheres em passos largos na sua direcção, pareceu franzir o sobrolho. perguntou-lhe, maria da graça, que é isto, sindicato, estás a sindicalizar-te. e ela respondeu, é a minha amiga quitéria, ofereceu-se para vir comigo. e tu achas boa ideia trazeres a tua melhor amiga às portas da morte. porque dizes isso. e se a porta se abrir para ela, maria da graça. a quitéria recuou e respondeu, eu não vim para entrar, só queria acompanhar a graça, que a mim ainda me sobra o andriy que agora me ama. a graça, disse o são pedro, quer morrer e agora convenceu-se de que não se deve morrer sozinho. ficaram as duas olhando-se, subitamente a quitéria entendendo que a amiga a enganara, ganhando-lhe medo e raiva. como o menino, graça, não queres morrer como o menino e pedes-me que morra contigo. a maria da graça corou e respondeu apontando para o são pedro, ele não me deixa morrer de amor, não sei mais o que fazer. a quitéria encarou o são pedro e explicou-lhe, nós sempre soubemos que o senhor ferreira havia de a matar, e depois não matou, mas vai matando assim, por dentro dela, pior do que a lixívia na sopa do outro. o são pedro entortou a cara toda e perguntou severo, que lixívia. nenhuma, respondeu a maria da graça, é uma boca grande, não pensa muito. na praça, todos ouvindo, fez-se uma gargalhada geral que deu num burburinho contínuo que alguns queriam silenciar para que continuasse a cena. talvez o são pedro não deixasse a maria da graça morrer para que ela expiasse ainda os seus pecados na terra. não acredito em pecados, dizia ela, não acredito em nada disso. acredito que cada um faz o que sabe, e o que eu sei nem é importante para isto, é só o que quero, o que tenho vontade de fazer. e o que é isso, perguntou o são pedro. e ela respondeu, tenho vontade de subir ao topo do prédio onde vivemos e saltar cá para baixo, para os estendais, e sujar de sangue a estúpida roupa que todos os dias ali temos de pendurar.

ficou na cama, depois, longamente sentindo as coxas e ponderando o quanto lhe parecia diferente ser tocada por um homem que não amava. era certo que um e outro, o maldito ou o mikhalkov, abusavam dela igualmente, conferindo-lhe uma autonomia muito pequena nos gestos do sexo, mas o facto de não amar, que no início talvez lhe tenha sido escondido por uma certa euforia carnal, levava-a a pensar que se agredia mais do que antes. não estava preparada para se pensar como romântica, não o era claramente, mas as coisas pareciam destruir-se, a partir da sua cabeça, sem dúvida, como se entrasse inevitavelmente numa depressão. como se fosse entrando, vendo a boca dentada da depressão, e não conseguisse recuar, alegrar, enfim, o seu espírito. sabia que, na semana seguinte, estaria de novo sob o mikhalkov, sem reacção, acreditando mais ainda que era uma mulher ridícula, profundamente ridícula e sem valor. o andriy comentava com a quitéria que o viktor os tinha visto aos dois. viu-os, ela com os peitos de fora e os olhos revirados, encostada à banca da cozinha com as mãos ainda molhadas. a quitéria achava que a maria da graça estava apenas a precisar de se encontrar, e que procurar por entre as pernas era um caminho que todas as pessoas do mundo faziam para isso. dava como barata a conversa e guardava os cinquenta euros do dia na gaveta da cómoda. ainda não o fazia abertamente, punha-se defendendo o dinheiro com o corpo, voltando costas ao rapaz que, distraído com despir-se ou deitar-se, reparava só que ela escovava o cabelo ao espelho, logo depois, como a pôr-se bonita para ele, que sonharia com casar-se com ela e com a morte dos pais.

    e ela perguntava, que pensa o mikhalkov da graça, afinal o que acha ele sobre ela. o andriy envolvia-a num abraço e beijava-a. não era coisa que explicasse àquela mulher. que eles, os que vinham de leste, achavam as mulheres portuguesas gordas, muito baixas, escuras em demasia e pondo-se mais escuras com roupas tristes e apagadas. ele beijava-a e ia pensando coisas ao contrário. percebia que, sendo tão novo ainda, e a quitéria tão mais velha, era normal que tivessem corpos diferentes, muito diferentes em estádios da vida distintos. e ele não se sentia jovem e perfeito como talvez pudesse, sentia-se à procura de ser alguém, ainda estando, por isso, aquém do corpo, quem sabe quase a lá chegar.

os três homens apareceram do lugar mais escuro da rua, quando já se acabavam as casas e o campo abria para o fundo das árvores brancas. apareceram devagar, erráticos, a porem-se atrás das coisas que havia pelo caminho, como se estivessem ali e subitamente já não estivessem. o sasha não percebeu de imediato. seguiu preocupado com o seu ofício, a carta metida entre as camisolas, o bafo quente da expiração fazendo fumo diante de si. a noite estava silenciosa, perfeita para passar a circular ao posto seguinte sem qualquer problema. tinha parado de nevar, era muito importante isso, o sasha percebera que a neve ia parar, por isso saiu à rua contra os pedidos de cuidado da ekaterina. parara de nevar e seria perfeito para se pôr a andar, porque ninguém o faria com aquele frio e tão cobertos estavam os caminhos. os três homens esperaram que o sasha entrasse um pouco no emaranhado das árvores. não seriam muitas, apenas um pequeno conjunto que abria para um parque dividindo os quarteirões. mas eram as suficientes para se criar ali uma invisibilidade acentuada, um espaço de ninguém que a natureza continuava a reclamar e que abafaria um grito com toda a certeza. levavam punhais para uma morte sem estalo no ar. haveriam de sangrar o sasha o melhor que pudessem. era preciso degolá-lo, ter a certeza de que ficaria absolutamente morto com a boca fechada para sempre. quando assomou às árvores, o sasha sabia já que estava a ser seguido. não poderia estar seguro de que seria mais do que um homem. o vulto que vira e voltara a ver era apenas de sombra, uma negra coisa que se movia, e não era de confiar que fosse apenas um inimigo, poderiam ser vários. as árvores estariam ali como fronteira no caminho e sabia que o momento era aquele para morrer ou matar. levava a sua arma, não seria louco de sair sem ela. esperou que o vulto se acusasse algures, onde no escuro ficasse tal-

vez mais escuro ainda. parou diante das árvores como
à porta e abriu os olhos com a arma na mão escondida
por um cachecol. encostou a arma ao peito assim tapada
e viu melhor. um dos três homens pareceu descer de alguma pedra e ficou preto de todo à frente de pequenas
cintilações que vinham das luzes do lado de lá do parque.
o sasha atirou e ouviu a neve ceder para o corpo que caía
e as cintilações repondo-se. alguém disse alguma coisa
ininteligível. o tiro ouvira-se longe, sem dúvida, e os outros dois homens sentiram-se acossados, apressados subitamente mais ainda. o sasha não entendeu se o homem
que primeiramente tombara se levantou de novo, procu-
rando defender-se melhor numa segunda tentativa para
o matar. escutou perto de si um ruído breve, um passo na
neve, não mais. mediu, pelo som, onde e a que distância
exactamente estaria o inimigo e não hesitou em disparar
uma segunda vez. achou que alguém caiu, de novo. tonto,
deu dois passos em direcção ao lugar onde poderia estar
quem atingira. estagnou. não havia nada a acontecer, o
homem estaria morto sem sequer gemer ou estrebuchar.
confiou que teria matado o inimigo. encostou de novo a
arma ao peito e olhou em direcção ao lado de lá das árvores. poderia acreditar que os tiros fossem desprezados
pelos cidadãos de korosten. àquela hora, com o frio, estariam muitas pessoas a dormir e das acordadas sobra-
riam as preguiçosas e já tão ensonadas. se assim fosse,
estaria agora em condições de acelerar o passo e chegar
ao próximo posto. na volta, faria um percurso diferente
para não regressar ao local do crime, pensava. e assim
pensava, quando das cintilações se fez um escuro rápido
e alguém o atingiu de raspão na cara. o sasha desequi-
librou-se e ficou de joelhos. atirou sem direcção. quem
lhe tocara afastou-se. ele percebeu que seria mais difícil acabar com o inimigo. levantou-se e desatou a cor-

rer como podia, a neve muito alta a sorver as passadas que não rendiam nada. na fuga, o fôlego acelerando e o medo, pressentiu o inimigo no seu encalço e por isso atirou para as suas costas duas vezes, achou-se certeiro e fê-lo sem hesitar. não abrandou depois a corrida. sabia que estava à sorte, poderia apenas esperar que o homem tivesse caído e que à boca do parque ninguém o aguardasse para o acusar de matar alguém. o sasha saiu de sob as árvores, correu um pouco tonto para o lado esquerdo, pensando haver menos casas por ali e menos hipóteses de ser visto, e chegou ao passeio ofegante, enfiando mais o capuz para não ser identificado e esforçando-se por parecer um cidadão que apenas casualmente ali passasse. as pernas fraquejavam-lhe, o sangue alastrava no seu rosto e a arma tremia toda na mão que envolvia no cachecol encharcado. talvez fosse prudente livrar-se imediatamente da arma, mas não sabia se o inimigo estaria quieto de morto, e enfrentá-lo numa nova investida poderia depender de manter aquela segurança.

ao fundo da rua, à sua frente uns cento e cinquenta metros, o sasha viu dois soldados. estavam ali por onde teria de passar para chegar ao posto. não poderia garantir que tivessem ouvido os tiros, muito menos que estivessem ali postos à sua espera ou já para o caçar. mas estavam ali e ele sangrava e tremia algo descontrolado, pelo que uma qualquer conversa de circunstância o poderia denunciar e significar o fim de toda a sua vida. a operação, pensava o sasha, seria um desastre se a circular chegasse a mãos erradas. perscrutou a rua para trás, sentiu-se sozinho, começou lentamente a atravessá-la para inverter a marcha mais discretamente. encostar-se-ia muito rente às casas do outro lado da rua e faria o percurso de volta, sabendo que teria o dobro para andar por aquele caminho, mas que, se os soldados não estranhassem o seu comportamento, seria o modo mais fácil de regressar a casa e pensar no que fazer. sem muito olhar para trás, o sasha achou que os soldados, um instante antes de ele desaparecer para outra rua, se mexeram na sua direcção. olhou ainda para as árvores, já algo distantes, e pensou, matei um homem. foi então que desatou a correr desesperadamente na solidão da noite de korosten, caindo tantas vezes e magoando-se, as lágrimas lavando-lhe amargamente o rosto, enquanto se lembrava do andriy tão pequenino a dormir e da ekaterina preocupada pedindo-lhe que se deitassem, que vissem um filme, porque estava uma noite feia e não haveria nada melhor para fazer do que usufruir daquele amor, daquela família tão sagrada. na corrida, o sasha sentiu pena de não ter escutado a mulher, mas nunca vergonha, porque a causa tinha de se colocar acima de tudo e ele conseguira escapar ao inimigo, como era fundamental que fizesse. chegou a casa, deixou que a ekaterina o ajudasse e guardou novamente segredo. e ela dizia, conta-me tudo, sasha, por favor. e ele sorria. dizia que haveria de estar tudo bem. ficaria tudo bem. tomou a circular e finalmente fê-la desaparecer na sanita puxando o autoclismo e pensando que talvez a causa ficasse mais bem protegida assim, não fossem os soldados vir buscá-lo a vasculhar por todo o lado documentos essenciais que o mundo nunca poderia conhecer. com aquilo, pareceu-lhe estar a limpar a neve, todo o espaço entre as árvores, como se o corpo de alguém morto pudesse escorrer pelos canos dos esgotos e não ser mais visto. pareceu-lhe que aquele gesto o livraria do passado e o levaria uma vez mais ao lugar onde cuidava sempre do seu futuro e do futuro da sua família. deitou-se muito mais calmo, sem, no entanto, conseguir dormir, mas silencioso e paciente. era uma questão de tempo para que os seus ouvidos parassem de escutar o ruído fatal dos tiros e o seu corpo não tivesse aquela sensação sinistra de ser tocado invisivelmente por alguém. seria uma questão de tempo até que a hipótese de ter matado alguém fosse apenas uma retórica do pensamento, uma confusão qualquer do passado que lhe iria soar a nada ou quase nada, como havia gente que dizia matar frangos e porcos e não deixava de ser boa gente, porque havia um motivo decente para isso e não levantava qualquer questão de maior. com o tempo, pensou o sasha, vou sentir-me profundamente calmo, tudo voltará ao normal e estarei bem. com isto, sentia-se já acalmando incrivelmente, fechando os olhos brevemente como se pudesse até adormecer. depois abria-os outra vez e pensava, com o tempo vou sentir-me profundamente calmo, tudo voltará ao normal e estarei bem. a ekaterina sentira os olhos abertos do sasha. ficara acordada até desaparecer inconsciente no sono. algo lhe dizia que não teria como proteger o marido. e ela não sossegou, apenas esperou adormecida.

    de manhã muito cedo, quando o andriy se levantou, o sasha já estava de olhar vago à janela. vem cá, meu pequeno, vem ao pai. a criança foi ao colo do pai e espreitou para a rua, a neve caindo de novo, a luz baça do sol era a de sempre, nada de suspeito no começo do dia. a ekaterina surgiu depois, de coração pequeno, a doer muito, para preparar uma refeição rápida e aprontar o filho para a escola. sobre o frigorífico ficava o homem de ouro, um mealheiro muito bonito que o sasha comprara para o andriy e onde, de vez em quando, punham uma moeda. não era dinheiro que fizesse rico o seu dono, era só uma forma de incentivar o andriy para o cuidado com as coisas, ensinando-lhe a pensar no futuro, a precaver-se, porque o futuro podia ser um bicho criado pelo passado leviano que alguém tivesse. o sasha retirou do bolso uma moeda grande, das grandes em valor que até o andriy já diferenciava perfeitamente, e deixou-a cair dentro do homem de ouro sorrindo. talvez fosse a sua maneira de sentir que continuaria a cuidar da família, a pensar no futuro do filho, a cumprir os rituais bonitos dos três em direcção à felicidade possível. a ekaterina em outra ocasião diria, andriy, que sorte, tens mais uma moeda, diz obrigado ao papá. mas naquele dia calou-se ainda, pondo leite quente na mesa e negligenciando um pouco o resto da refeição. o seu incómodo não passaria nunca. podia pensar nele como uma dor muito física, que sentia por mais esforço que a sua cabeça fizesse para relaxar e pensar em outras coisas, como se estivesse à espera, segundo a segundo, de que a sua vida terminasse. e era como viveria para sempre, dobrada por dentro, com medo, a ganhar força para cuidar do sasha e do andriy mas esperando a desgraça, uma desgraça a que não poderiam escapar. o andriy desceu dos braços do sasha, mexeu nas suas coisas de sempre e não percebeu nada que o pudesse alterar. achou que o homem de ouro estaria cheio até cima quando fosse adulto, e com o dinheiro poderia comprar uma casa. não haveria de ser assim, naturalmente, porque o mealheiro não tinha tamanho para tanto dinheiro, nem os shevchenko podiam dispensar uma quantia daquelas para ficar ali parada. mas foi verdade que para seguir até portugal o andriy precisou dos hryvnia que ali estavam metidos, pensando ainda que, um dia, voltaria para encher muitos daqueles homens de ouro com euros sem problemas de inflação de maior. o mealheiro ficou sobre o frigorífico da casa dos pais e, mesmo na ausência do andriy, a ekaterina punha-lhe umas moedas pequenas, muito esporadicamente, porque lhe fazia crer que assim tomava conta do filho. quando ela não o fazia, fazia-o o sasha, também um pouco às escondidas, a pensar na moeda que ali caía como algo que caísse no colo do andriy, um abraço, um beijo, uma saudade forte que não os poderia abandonar. olhavam um para o outro, quando se deflagravam naquele gesto tolo, e sentavam-se juntos nos bancos mais ao pé da janela. podiam chorar brevemente, umas lágrimas de tristeza que quase seriam impossíveis de conter, e depois sonhavam acordados com portugal. um país cheio de sol, ekaterina, que vai fazer do nosso filho um moço moreno. e ela pensou, quando o virmos outra vez não o vamos reconhecer. teve medo. o sasha tão positivo e ela aterrada e dizendo, deus dos portugueses, cuida do meu filho. cuida-me do filho, que eu ofereço-te a minha alma. e o sasha dizia, achas que tem namoradas, se calhar tem namoradas portuguesas. a ekaterina pensou nas mulheres portuguesas como raparigas morenas a sorrirem com facilidade e sonhou que uma delas teria valores favoráveis ao seu delicado filho. as tardes deles passavam-se assim quando estavam nos seus melhores momentos. porque continuamente o sasha entrava em pânico e achava que os soldados já chegavam ao pé de casa e os iriam prender. vão matar-me, ekaterina, leva o andriy daqui para fora, não deixes que veja o seu pai morto. ela sustentava-o como podia apertado nos braços e dizia-lhe, fica quieto, sasha, se não fizeres barulho eles não nos descobrem e vão-se embora. com os anos, o sasha foi obedecendo mais a esta lógica simples que a mulher lhe fizera entender. se os ataques de pânico não fossem dos piores, ao fim de uns minutos, com aquele discurso, ela conseguia que ele se ajoelhasse no chão, a cabeça entre as pernas como podia, e nenhum barulho. ficava a tremer de um modo tão triste, mas a passar. e ela habituara-se àquele espectáculo, fica quieto, sasha, não digas nada agora, baixa-te. vão pensar que não estamos em casa e já seguem embora. fica quieto. era assim que o levava a enrolar-se e a esperar. antes de o conseguir, nos tempos em que não havia qualquer controlo sobre o sasha, ele pegava em facas e pensava defender-se quando se punha atrás da porta da entrada à espera de que os soldados por ali irrompessem. haveria de os matar sem hesitação, para impedir que chegassem à mulher e ao filho. era uma vitória tão grande na sua cabeça tivesse ficado a ideia tola de que os soldados nunca lhe deitariam a porta abaixo. chamariam por ele, tocariam à campainha mas, não havendo resposta, ir-se-iam embora, certamente convencidos de que a família shevchenko já não vivia ali ou, melhor, que o sasha shevchenko já teria morrido porque nunca mais ninguém lhe tinha posto a vista em cima. a ekaterina ficava com ele assim, no chão, quando ele acalmava dizia, foram-se embora. ele perguntava, achas seguro sair daqui agora. ela dizia, sim, ou então pedia-lhe que esperasse porque ia ver, ia espreitar cuidadosamente se o caminho estava livre. depois voltava e anunciava que os soldados tinham partido e que provavelmente nunca mais voltariam. o sasha levantava-se brilhante, por vezes numa felicidade impressionante que sempre enternecia a ekaterina e lhe acentuava a tristeza. achas que nunca mais voltam, perguntava ele. acho, sasha, eles estavam a ir-se embora para muito longe e não me parece que se importem com voltar aqui outra vez. vamos pôr uma moeda ao andriy, sim, podemos pôr uma moeda ao andriy, perguntava ele de novo. deitavam uma moeda, a mais barata de todas, com aquele ar cúmplice e esperançado de quem precisava de se salvar. o homem de ouro, já velhinho, ali muito digno de expressão imutável, talvez pensasse algo sobre eles, tão bem os conhecia. o sasha e a ekaterina punham a moeda ao andriy como aos santinhos da igreja e sorriam, ambos tão tolos e tão cansados.

em portugal, angustiado, o andriy não sentia nada daquilo. levantava as pedras e não conseguia escutar nada de mais espiritual por onde lhe viesse um recado dos pais. estavam como mortos, incapazes para sempre de participar na sua vida a partir do momento em que as notícias cessaram.

a maria da graça entristecia-se. chamava o portugal para o seu colo e passava uma hora a fazer nada senão esfregar-lhe o pêlo lentamente, absorta, sem sequer pensar em nada de muito concreto. punha-se ali meio escondida pelos estendais e não chamava a quitéria, não fosse ela estar de alegrias com o seu jovem amor e estragar-lhe a noite. o portugal, pobre bicho, emagrecia um pouco, talvez triste também, e não lhe dizia nada. não esperava que um cão desatasse a falar, mas reconhecia-lhe nos olhos um pacto tão definido de fidelidade que parecia possível que um dia abrisse a boca para lhe dizer algo. e ela ficava ternamente com o pequeno cão no colo com essa paciência de quem esperava uma voz importante. uma palavra que a salvaria para sempre e que, obviamente, estaria para ser descoberta nas meditações que passaria a fazer cada vez com mais frequência. ela perguntava, tens pulgas, não quero que andes para aí com os cães da vizinhança, que são todos uns sujos e ainda te ferram. o animal, que era mesmo uma nica de corpo, parecia fungar um pouco. ela via-lhe o pêlo castanho, muito perfeito para esconder parasitas, e imaginava milhares de pulgas ali aos saltos. que cidadania, dizia ela, haverias de ser um belo país, a coçar e a coçar e só haverias de fazer ferida. sorria. pensava pouco no escasso dinheiro que ia recebendo. com duas ou três horas de trabalho por dia não teria as condições que tivera ao tempo do maldito, que lhe entregava certinha todos os meses a parte substancial do rendimento dela. o portugal andava por ali a emagrecer talvez de não gostar dos restos que eram resto de pouca coisa. e ela mandava-o para a casa da quitéria a ver se a miséria não dava ao animal, que não teria culpa de nada e era lamentável que se finasse de fome pelos cantos. encarava o cão e pensava que um dia lhe haveria de faltar. vou faltar-te, pensava, e talvez morras de fome por mim como morro de fome por aquele maldito.

o portugal por vezes pressentia aqueles pensamentos e latia, ela dizia-lhe, cala-te, palerma, onde é que já se viu um país a ladrar. punha-lhe a mão no focinho, fechava--lhe a boca, o cão divertia-se e julgava que brincavam e o perigo estaria afastado. ela distraía-se também, como um modo cruel que a tristeza tivesse de a animar de vez em quando, para a deitar ainda mais abaixo de seguida.

o senhor ferreira punha-se de longe a vê-la pelos chãos a encerar as madeiras. raios partam o homem, mordia-se a maria da graça com raiva. não podia ficar de rabo no ar e dificultava-lhe o trabalho ter de se pôr a ver que posição seria de mais respeito para prosseguir. acabava por se sentar e passar em redor o pano, como se fosse fraca de pernas e lhe custasse mexê-las. era estranho, claro, ver alguém limpar um chão daquela maneira, e o senhor ferreira sabia perfeitamente porque o fazia. perguntava-lhe, quando a queria ver irritada de verdade, porque batia com o cu no chão de cada vez que se deslocava de uns centímetros para outros, ao invés de se manter ajoelhada. ela resmungava qualquer coisa, dizia-lhe que a deixasse trabalhar e que não ficasse a ter ideias malcriadas. ele gostava que ela se zangasse com as suas conversas e adorava provocá-la até que se queixasse brevemente daquela relação quase nenhuma que tinham. e ela respondia, quase nenhuma, isto é quase nada. e ele refutava, cada um no seu lugar, você é uma mulher casada. e ela acrescentava muito irónica, muito casada, não haja dúvida. e não é, insistia ele. sim, mas estou para aqui a esconder o rabo porquê. e ele dizia, porque é burra. olhe, não me aborreça, senhor, tenho muito que esfregar e não me chega a reforma tão cedo. ele ria-se. era um reformado abastado e parecia feliz como quem possuísse tudo quanto queria. e ela dizia--lhe, não seja tarado, deixe-me em paz. só lhe quero o bem, maria da graça, não seja injusta comigo. ela levantava-se, decidia que continuava na cozinha. era melhor, explicava, antes que se enervasse e lhe perdesse o respeito todo. e ele perguntava, não me vai matar, maria da graça. e ela respondia, não me mate a mim, senhor ferreira, por mais que isso o deixasse feliz, deixe-me da mão. ela metia-se para a cozinha a bater com as portas dos armários e a rachar pratos que atirava com força para a banca e não acalmava. muitas vezes, nessas alturas, o maldito entrava pela cozinha adentro e tomava-a com mais vontade. ela começaria por resistir, sempre, mas amansaria gradualmente, como vertendo água até esvaziar por completo. restava, depois, no chão, ou sobre a mesa, como carcaça devorada. o portugal a olhar para ela, as pernas fechando-se e ela pensando, não olhes para mim, estupor, não te ponhas aí a olhar para mim, enquanto tentava em vão enxotá-lo com um pé e se limpava do que ficara molhado com o avental.

não contes a ninguém, dizia ela ao cão. só eles sabiam exactamente como teria sido usada pelo senhor ferreira, e só eles haveriam de entender aquele estúpido amor. abraçava o animal e voltava a esperar que lhe falasse.

o senhor ferreira, depois, recolhia-se um pouco ao quarto. não era para coisas de higiene nem para descansar, era porque ficava mais estranho ainda, atirando-se para cima da cama a pensar na vida, dizia ele. quando a maria da graça se cansava da ausência do velho, procurava-o. às vezes, pensava que lhe teria dado uma força maior que o apagara. não terá morrido, o maldito, perguntava-se. e espreitava sem querer ser descoberta pela porta do quarto para o ver estendido metido nos seus pensamentos. em algumas ocasiões, muito poucas, a maria da graça encontrava uma aflição no seu próprio coração e compadecia-se do homem. entrava e dizia algo muito baixo, a querer saber se ele estava bem e que lhe dissesse o que a acalmasse e deixasse sem remorsos de nada, pedia ela. o senhor ferreira fazia-lhe sinal para que se aproximasse. ela ficava por ali ao pé da cama, sem no entanto lhe tocar, talvez sentando-se numa cadeira onde, por baixo, estava sempre um par de pantufas. e ele dizia-lhe, quando o meu pai morreu quase disse uma palavra. não acha isso impressionante, maria da graça, que ele tenha estado vinte anos calado mas que soubesse distinguir a morte da vida tão bem que quase nos disse uma palavra. a maria da graça calava-se, afundava-se para trás na cadeira e esperava. e ele dizia, haveríamos de ser todos assim, com algo dentro de nós que reconhecesse o mais importante de tudo. como um alarme. e ela perguntou, de que vale a pena alardear a morte. e ele disse-lhe, não é alardear, é provar que, mesmo sem que se tenha dito nada a vida inteira, se prestou atenção. o meu pai, maria da graça, esteve sempre atento.

o pai do senhor ferreira deixou cair um copo junto à cama. ninguém viu, e quase ninguém acreditou que pudesse ter sido ele, porque não se mexia para nada, tão perdido para dentro da cabeça estava. mas foi ele quem levantou o braço e acertou no copo fazendo-o partir-se no chão do quarto com algum estrondo. depois disso, já rodeado pelos rostos ansiosos de quem estava em casa e se assustou, o homem repôs-se no seu impávido modo e assim esteve por três ou quatro horas. recolheram-se os vidros, tudo se limpou como voltando ao normal, mas o senhor ferreira esperou. pensou que, se fosse possível o seu pai ter levantado um braço para chegar ao copo, algo mais estaria para acontecer. aguardou pacientemente perante o mesmo ar ausente de sempre, aquela respiração inexpressiva que não fazia diferir aquele homem de uma corrente de ar constante, desumana, sem discurso algum. e o senhor ferreira esperou até que o seu pai voltasse a mexer os braços e fizesse força para se abalar da cama. foi um estranho movimento que talvez estivesse a tentar colocar o corpo na posição sentada. de coração na mão, o senhor ferreira precipitou-se sobre ele e pensou ajudá-lo levando-o a sentar-se confusamente. nesse instante o velho homem conseguiu enrolar os braços em redor do corpo do filho e o senhor ferreira sentiu clara e profundamente aquele abraço. as lágrimas irromperam pelos seus olhos no momento em que procurou na expressão do pai uma voz e teve a nítida sensação de que ele abrira a boca para falar. abriu a boca e morreu. o senhor ferreira, sentindo ainda aquele abraço estranho, tão último e impossível e encarando a imobilidade definitiva do pai como ainda à espera de uma resposta, perguntou-lhe, pai, o que me ias dizer.

a maria da graça calçou as pantufas nos seus pés descalços e, quando o senhor ferreira a encarou, não no fim da história, mas numa pausa mais severa, ela apercebeu-se e pediu-lhe desculpa. eram as pantufas dele, estavam a aquecer os pés dela como por inércia num instante em que a mulher se sentiu ali mais assenhorada, num à-vontade que não estaria de acordo com a sua condição de empregada. e ele não entendeu. nem lhe via os pés de onde estava. julgou que ela se desculpava de nada, de susto ou compaixão, talvez pena dele, como haveria ele de se expor ali muito fraco, vulnerável de mais, diante de uma maria da graça que, obviamente, só poderia amar. mas ela não o percebia assim. era o maldito, era o homem que se punha nela, uma mulher casada, e que não haveria nunca de a pedir em casamento e seguramente seria responsável pela sua morte. ele voltou a dizer que o pai emudecera literalmente com isso significando a morte. e ela perguntou, senhor ferreira, acha que um dia me vai matar a mim. naquela tarde tinha tocado o requiem do mozart naquela casa e a maria da graça tinha a sensação de que tal fúnebre acto era como o erguer de um radar para as almas mais delicadas. quem por ali passasse e escutasse tão tristes melodias haveria de estar à porta da morte. o senhor ferreira a matar até os desconhecidos, incapaz de perdoar ao mundo a morte do pai e a ideia tão capitalista da felicidade.

a felicidade, disse-lhe, é posta diante de nós como uma extremidade do dinheiro. levantou-se, abriu a janela e ela levantou-se também seguindo de pés descalços para o seu lado. haveríamos de ser felizes de verdade, coisa que só é possível se tivermos quem amamos por perto. a maria da graça olhou para o pouco movimento lá fora e pensou que se tivesse dinheiro talvez não fosse mais feliz. ou então seria, com a possibilidade de passar os dias passeando sem ter de cuidar do chão ou da louça. se eu tivesse dinheiro, disse ela, ia viver para o porto. ele sorriu e perguntou-lhe se esse era o seu conceito de felicidade. ela respondeu, não percebo nada dessas coisas, só sei que no porto estaria o tempo todo a passear e a ver gente, aqui parece que estamos todos a secar ao sol cheios de pó. é do verão, respondeu ele, vem aí o verão, mas isso ainda é do melhor que nos pode acontecer em bragança, maria da graça, não se queixe das coisas boas, ao menos não das coisas boas. e ela voltava a olhar lá para fora e perguntava, o que veio ver à janela. ele respondia, foi só para apanhar ar, ficamos os dois tanto tempo metidos aqui dentro que chego a convencer-me de que as paredes estão assentes nos meus ombros. parece um fantasma a assombrar a casa, às vezes, disse ela precipitando-se. compreendeu de imediato que dissera de mais. então, o senhor ferreira pediu-lhe que o deixasse sozinho. deitou--se novamente com a janela já fechada e ficou a sentir o fantasma do pai pelo espaço todo do quarto. a maria da graça foi muito calada lá para dentro, incapaz de trabalhar, agarrando num pano húmido que haveria de secar na sua mão lenta e mais lenta até ficar quieta, sentada à mesa da cozinha sem mais força para nada. a felicidade, pensava ela, não sei o que é. sei que não somos umas máquinas sem paragem. não podemos estar para aqui a trabalhar enquanto nos pedem que passemos da cera do chão para a partilha das memórias mais difíceis da vida.

no pátio das traseiras, onde os estendais começavam a ondular um pouco mais ao vento que aumentava, a noite ia caindo como um frio maior. a maria da graça aconchegava-se ao portugal, tão quieto, e tinha pouca vontade de entrar. não fizera nada para o jantar, poderia até deixar que apodrecessem as batatas ou as poucas cebolas que comprara. não era pela escassez que resistia a cozinhar, era pela falta de vontade. sentia os braços arrefecerem e relembrava uma e outra vez as palavras do maldito, não se queixe das coisas boas, ao menos não das coisas boas, e pensava no verão e no dia em que o augusto estaria de volta. quando o augusto voltasse, convencia-se, haveria de comprar uma garrafa cara da lixívia mais perfeita do mercado para ele ir morrendo da sua sopa talvez sem problemas de digestão. uma lixívia tão boa que fosse apetitosa e que o matasse delicadamente, lavando-lhe as tripas e tudo até o deixar branco como os anjos ou as nuvens mais bonitas do céu.

o portugal saltou-lhe do colo quase inadvertidamente. parecia dizer-lhe que eram horas de parar de contemplar o vazio e voltar à luta, ainda que breve e desanimada, pelo conforto do dia a dia. ela sacudiu os joelhos, como se espanasse os pêlos do cão, e levantou-se pesadamente. foi quando a quitéria abriu a sua janela e perguntou, jantas connosco, acabei de fazer uma massa à italiana que parece das receitas da televisão. a maria da graça surpreendeu-se com aquela aparição repentina da sua melhor amiga e quase se emocionou. paradoxalmente, sentiu-se feliz. nem entrou pela sua porta, apanhou-se na cozinha da quitéria cumprimentando o andriy e sentou-se subitamente com uma grande fome. o andriy falava pouco, parecia ver na maria da graça o padrão estabelecido pelo mikhalkov. observou-a a comer de mais, sem juízo, a pôr-se ainda mais gorda para ser ainda mais desprezada pelos homens de leste. sem pensar, a maria da graça riu das piadas da quitéria, que estava bem, e achou que devia mesmo sorrir e animar o andriy, como se a tristeza dele fosse maior do que a dela. a tristeza dele, julgava, era mais solitária, porque parecia ser difícil de explicar, e elas, as duas tão conversadoras, não conseguiriam recriar, com as palavras tão difíceis dele, toda a história. a quitéria tinha os olhos brilhantes e servia os pratos a fazer daquilo uma gala, e a maria da graça brincava a lembrar a festa do presidente da república, havias de pôr dez garfos e dez facas a ver que chiques ficávamos aqui à mesa. riam-se e a quitéria respondia, púnhamos os nossos vestidos decotados e vínhamos mostrar as mamas para os convidados. o andriy perguntava, mamas. e a quitéria dizia, isso não te escapa a ti, quando te pedi para me levares o saco do lixo já não percebeste nada. a maria da graça dizia, os homens são todos iguais, tínhamos de ter um daqueles do protocolo para saberem maneiras antes de nos abordarem. com certeza, duquesa, é tão esperta que me espanta que não viva em paris. a maria da graça sorriu mas pensou bem fundo que não sabia nada sobre paris, preferia imaginar-se duquesa do porto, saindo do autocarro ali perto da praça da batalha e arranjando uma casa que ficasse logo na rua de santa catarina, para ver gente indo e vindo sem se acabar.

a casa da etelvina era uma espécie de miradouro para uma longa paisagem de montanhas abrindo verdes perante a passarada eufórica que voava irrequieta por ali.˷ a casa da etelvina era um ponto de telhado na encosta, pequena de tamanho, extensa de vistas, como se ali estivesse o início do mundo. a maria da graça, a quitéria e o andriy passaram a quinta da veiguinha e seguiram um pouco mais, já depois de vila flor, até encontrarem o caminho certo para aquele lugar inacreditável. mal podiam conceber que para ali fossem dois dias e uma noite, a fazerem fim-de-semana de lordes igual às férias dos famosos que acompanhavam nas revistas cor-de-rosa. a etelvina recebeu-os emocionada, era-lhe importante que fossem ali aquelas mulheres. beijou-as em cuidado, depois o andriy e depois agradecendo ao homem que as fora buscar a bragança. passaram casa adentro até ao outro lado, onde a paisagem se despegava por lá fora a perder de vista e o mundo se parecia ajoelhar aos corpos humanos tão pequenos. houve um instante em que terão parado de pensar, só percebendo o colorido daquele verão por aquelas bandas e apreciando a facilidade de viver assim.

    a etelvina pusera-lhes cadeiras prontas e uma mesa onde serviu um vinho perfeito e um bolo que ela mesma fizera. a maria da graça sentara-se primeiro, as pernas quase lhe fraquejavam, e desculpava-se com perguntando se podia ajudar. a quitéria agarrou nos copos, dispersou-os pela mesa e encheu-os enquanto a etelvina partia o bolo e sorria oferecendo-se toda em simpatias. a maria da graça não se lembrava de algum dia ter sido alvo de tão delicada mordomia. não passara férias nunca, senão por três noites em lua-de-mel quando fora para o porto e ficara no quarto de uma pensão barata a ser desflorada pelo augusto. quando bebeu o primeiro gole de vinho julgou que a vida, se fosse justa, poderia ser feita daquilo e de mais nada. ao inventar as coisas, quem inventara, deveria ter-se ficado por aquilo, um vinho, uma amizade sincera, o calor magnífico do fim da tarde, a paisagem mais bela de todas. era tão fácil inventar só aquilo e só com aquilo garantir com segurança que as pessoas do mundo inteiro seriam felizes.

a etelvina, por uns segundos, parou de servir e abraçou a maria da graça, que ficou meio sentada e a levantar-se. tinha passado uns bons dias à procura de saber como lhe chegaria ao contacto. pôs a mão muito leve no rosto dela e disse-lhe, somos tão iguais, maria da graça, sofremos de modo tão parecido que tive a certeza de que nos entenderíamos. a outra sorriu, o bolo na mão, os gestos desajeitados pela posição estranha em que estava, e respondeu, talvez por sermos iguais, tens razão, etelvina, foi por sermos iguais, porque queria bater em mim própria e é de mim própria que sinto uma raiva que já não acaba.

o miguel, o miúdo que fora encontrado morto, era um traste de montanha, dizia a etelvina, aparecendo-lhe por cima do telhado e em todo o redor nas alturas mais improváveis. era um rapaz da terra como os bichos mais agarrados e dependentes. se o levantassem muito do chão começava a perder o ar igualzinho a um peixe fora de água. por isso, conhecia o caminho de todas as coisas e inesperadamente estava metido nos buracos mais recônditos, quando alguém por algum acaso lhes deitasse o olho ou precisasse deles por qualquer motivo. a todo o tempo se recolhe alguma coisa desta fartura, dizia a etelvina, são as laranjas, as cerejas, os figos, as maçãs e tudo o mais, e ele lá aparecia aqui e acolá, lambuzado de frutas, sujo, a ver o movimentos dos homens que faziam a vindima ou outro trabalho qualquer. o miguel, mesmo que muita gente achasse que ele era mudo, passava ali bem à porta da etelvina e dizia-lhe, aqui é que eu queria viver, daqui vê-se tudo. depois seguia caminho com a etelvina sempre assustada com o intrometido que ele era, enxotado para voltar só mais tarde, noutro dia dizendo, ó senhora, qualquer dia ponho-me aqui a viver, esta é a casa mais bonita dos montes. e era o contrário o que queria dizer, porque a casa não passava de um abrigo pequeno e robusto na encosta. queria dizer que aquele era o lugar mais bonito dos montes, onde os montes se pareciam deslumbrar com a sua própria criação. a etelvina via o miúdo descer por ali abaixo a mexer em bichos pequenos, apanhando-os nas mãos e levando-os para o cimo das árvores ou para o pé da água ou de algumas flores. o miguel, pensava ela sem saber sequer o seu nome, era como os animais selvagens que às vezes por ali passavam à procura de comida. ela sempre o enxotara, era verdade, mas, com o tempo, acostumara-se à sua presença nada ameaçadora e começara a deixar-lhe pequenas ofertas sobre a mesa no alpendre. na taça velha de barro ficavam algumas frutas muito frescas cobertas por um guardanapo de tecido azul que o miúdo levantava e repunha. quando a etelvina o via dizia-lhe sempre, que andas a malandrar, rapaz. e ele afastava-se a rir e gritava, tenho de tomar conta da minha casa, a ver se não cai uma telha, aqui é que é que fica a minha casa. no inverno, mesmo nos invernos mais maldosos, a casa resistia ali valente e sem dificuldades. mas a etelvina pensava muitas vezes que, se acontecesse de lhe cair uma só pedra ou uma lasca de telha, o miguel haveria de ser a sua força, ajudando-a a subir aonde fosse preciso para consertar o que houvesse cedido. progressivamente, a etelvina percebeu aquele desconhecido rapaz como um seu protector. alguém que a observava sem ser propriamente metido, alguém que a procurava sem pedir nada, alguém que saberia imediatamente no caso de alguma coisa má lhe acontecer. seria o alarme de que precisaria para um apelo de socorro.

a maria da graça confirmava, nunca tivera um tempo de férias e não sabia quase nada de sair de trás-os-montes. mas a quitéria provocava-a dizendo-lhe, isso não é surpreendente, o que queremos mesmo saber é como conseguiste casar-te virgem. riam-se todos e ela não sabia o que responder. a etelvina dizia, pois eu aos catorze anos apareceu-me um tipo de lisboa e prometeu que me levava para lá e eu abri-lhe logo as pernas, graças a deus. ria-se. não se lembrava disso como algo de errado e não se lembrava de ter sido um mau tempo para conhecer um homem. fora só como acontecera e ela entendia que lhe fizera bem perder a virgindade. a maria da graça explicou que namorara com o augusto quase cinco anos e que ele não tentara nunca avançar para lá dos beijos e de algumas carícias. se ele tivesse forçado um pouco, só um pouco, a vontade da rapariga, ela teria cedido com medo, mas também muita ansiedade. a quitéria respondia, esse queria garantir que não se casava com uma puta. se lhe desses tudo antes do casamento, mesmo que só a ele, ia achar-te como as outras e querer-te para qualquer dia da semana menos para os domingos. o andriy sorria de vez em quando, carregado de palavras que tombavam por ele adentro como apenas espaços de som, sem sentido, que nem era capaz de guardar. com isso, deixava-se a ver o pôr-do-sol acelerando ao fundo dos montes e ia segurando a mão da quitéria para ter a certeza de que ela não lhe fugia e estaria a salvo.

comparou aquilo com a felicidade das máquinas e sentiu-se tão longe de saber o que pensar. estava ali diante do país das flores, como julgava o sasha sobre portugal, e pensava na felicidade das máquinas e no desespero de as coisas lhe saírem de controlo. a etelvina dizia que aquela paisagem era de comer. ficava-se ali até se esquecer de tudo, como se fosse alimento e não se necessitasse de mais nada. o andriy entendia que podia comer o bolo, apreciar a paisagem e manter por dentro o vazio por preencher que a ekaterina e o sasha haviam escavado. a quitéria cortava mais bolo, estendia-o à maria da graça, depois ao andriy e ele aceitava prestes a chorar, viril de cal por fora, uma criança apavorada por dentro. a etelvina levantou-se e foi ao interior da casa mexericar algo. nesse momento, o andriy deixou cair o bolo das mãos e começou a tremer de um frio triste muito grande até desatar a chorar convulsivamente, enquanto a quitéria se abraçou a ele e disse, meu querido, está tudo bem, meu querido, não tenhas medo. achava que ele tinha medo. como se elas ali lhe pudessem fazer mal. a etelvina veio à porta e calou-se. a maria da graça afastou-se um pouco e ficou incapaz de reagir.

nos campos de vila flor espalhou-se a noite assim, todos os quatro destruídos, recolhendo-se aos quartos para um sono difícil em que, por motivos diversos, acordariam insistentemente, aflitos de tristeza como se viessem à tona para respirarem, afundando-se de seguida em pesadelos e sobressaltos contínuos. os grilos intensos, ecoando por toda a parte, atarefavam-se naquele momento e o imóvel da paisagem era só aparente. lentamente, muito lentamente, a maria da graça viu as feras chegarem do lado de lá até ao alpendre da casa, persistentes, de patas largas, farejando a frincha da porta como preparando-se para a arrombar. a quitéria viu como se caía da encosta abaixo esfacelando o corpo que colorava as carnes expostas de malmequeres e giestas, absorvendo as pedras do caminho à medida que embatia contra elas violentamente. não parava nunca, havia um fundo falso sob o tapete verde que cedia no momento em que era atingido e a quitéria via-se novamente no cimo da encosta, rebolando ainda e sempre. o andriy viu os campos cobertos de neve e sentiu a necessidade de procurar o sasha avançando pela espessa camada com dificuldade. estava escuro e o declive era acentuado, pelo que o percurso era feito muito devagar, e mais devagar ainda porque tinha a sensação de andar sem sair do lugar. gritava, pai, onde estás. por vezes, ouvia a voz da ekaterina chamando de volta, ela gritava, andriy, meu filho, estamos aqui. ela seria como um farol para que alcançasse a família perdida. mas não via rigorosamente nada no escuro daquela noite e não havia modo de entender para onde seguir. a etelvina, com os olhos escancarados, via o pequeno miguel uma e outra vez e lembrava-se de lhe ter atirado a maçã que devia ter apanhado quando empoleirado no telhado. lembrava-se de como a maçã embatera seca nas telhas e ele se rira deitando a mão precipitada ao nível dos pés. a etelvina, de olhos abertos, viu o miguel cair do seu telhado e bater fatalmente com a cabeça na pequena pedra escavada, que servira de bebedouro para os animais durante tantos anos. o pequeno miguel dissera que lhe tiraria de sobre o telhado todas as ervas que ali robusteciam, desalinhando as telhas e criando fissuras por onde se escapava o calor e entrava a água. era tão frequente meter-se ali empoleirado, pensara ela, que seria fácil que ali subisse outra vez e lhe poupasse maiores preocupações com aquela questão. a etelvina perguntou-lhe se queria uma maçã. não era porque ele estivesse há muito tempo a trabalhar, nem porque fosse hora de comer e se pressupusesse estar com fome, era só porque ela pegara nas maçãs e comeria uma, de gula e por deleite enquanto esperava que ele descesse, e foi só porque quis ser simpática. perguntou-lhe se queria a maçã e acto contínuo atirou-lha para uns segundos depois ele se encontrar aos seus pés morrendo.

    o povo de vila flor e arredores nada sabia sobre o pequeno miguel e nem mesmo a etelvina sabia nada de muito concreto acerca dele. estava habituada a que fosse por ali a provocá-la um pouco, inicialmente tão de longe, depois mais de perto como um miúdo amigo e francamente esperto. no entanto, nem ela nem ninguém fazia ideia de onde viveria, quem seriam os seus pais ou onde estariam. numa primeira reacção, a etelvina correu a agarrar no telefone para ligar a alguém que a fosse ajudar, porque alterada como estava podia julgá-lo até morto sem que o estivesse. chegou a marcar alguns dígitos quando se deteve. pousou o auscultador e voltou ao alpendre, observando o corpo formando uma pequena poça de sangue que a terra absorvia e o sol secava rapidamente. compreendeu que se chamasse alguém seria suspeita de matar o miúdo se, em última análise, ninguém vira o que acontecera e não estaria certo uma mulher adulta pedir a uma criança tão pequena a empreitada arriscada de subir ao telhado de uma casa. as pessoas não saberiam, como ela, do expedito que ele era para coisas assim meio de selvagem, a ter coragem e maneiras para trepar e se enterrar como só os bichos pareciam saber fazer. naquele momento, a etelvina compreendeu que teria de o levar para longe dali, pondo-o em situação semelhante mas sem ligação alguma à sua pessoa ou à sua casa.

    esperou pela noite guardando o corpo do rapaz num lençol e metendo-o entre as silvas um pouco mais abaixo. lavou o bebedouro e encharcou em redor toda a terra para fazer desaparecer qualquer mancha que ali não devesse estar. passou aquelas horas nervosa, na sua solidão de sempre, mas tão assustada da hipótese de alguém a visitar e sondar as tremuras das suas mãos e as palpitações arritmadas do seu peito. e se alguém ali fosse em busca do miúdo, perguntava-se. e se ele falasse sobre a etelvina aos amigos ou aos familiares, e estes lhe viessem bater à porta pelo tarde que se pudesse tornar sem que ele voltasse a casa. a etelvina sustinha-se naqueles medos e nem sabia se faria bem ausentar-se de noite para depositar o corpo do rapaz a uns quilómetros dali. achou que o certo seria esperar até não ser hora de se procurar ninguém. haveria uma hora, tão tarde na noite, que não traria ninguém por ser escuro de mais e não ser vantajoso galgar os montes. nesse momento, quem sentisse a falta do miguel haveria de se desesperar de angústia, mas haveria de se obrigar a aguardar pelo amanhecer para prosseguir as buscas.

eram exactamente três horas da manhã quando a etelvina colocou o corpo do miguel na mala do seu velho carro e ligou o motor com o estrondo usual. aquele carro poderia parar definitivamente numa qualquer viagem, por mais pequena e lenta que fosse. estava velho e reclamava constantemente a atenção do mecânico de vila flor. a etelvina ligava-o a rezar abstractamente aos santos todos para que a ajudassem naquele fito de fazer ao menos cinco quilómetros para diante e cinco quilómetros para trás. passou a quinta da veiguinha, seguiu em direcção a mirandela e, após um primeiro encontro com outro veículo com que se cruzou, apavorou-se e encostou à berma. esperou uns segundos, não percebeu luzes em lugar algum. abriu a mala e com um gesto hercúleo tomou o cadáver e jogou-o com força incrível para o fundo já invisível da ladeira. percebeu-o embatendo aqui e acolá. ficou paralisada brevemente, o lençol ensanguentado na mão e o pensamento vazio de terror.

quando voltou a casa, espantada com a sua coragem, a etelvina lavou-se com o lençol, vendo a água levar a cor daquela morte e sentindo que talvez não suportasse a culpa de a ter escondido. de olhos abertos, recordando tudo quanto fizera, a etelvina soluçava baixinho e suplicava-se, como em todas as noites, para sobreviver ao medo. o sol chegava, inundava generosamente toda a terra e ela suspirava, não sorria, carregava aquele fogo ardendo às suas costas. a beleza das coisas todas era-lhe ardente, fulgurando como magma pelo seu corpo abaixo. assim abriu a porta do seu quarto e foi perscrutar a paisagem ao alpendre. viu a maria da graça ali encostada a fazer o mesmo e perguntou, preparamos o pequeno-almoço, e a outra respondeu, sim, posso ajudá-la e já estou com fome.

estavam as duas sozinhas na cozinha e desculparam-se sem rodeios. haviam-se chamado nomes e agredido. a etelvina ainda mostrava uma nódoa na perna que teimava em não desaparecer e a maria da graça vangloriava-se de não ter tido sequelas. era muito forte, dizia. e a diferença entre uma e outra também estaria seguramente na idade, uma vez que a etelvina chegava quase aos sessenta e a outra era novata nos quarenta. sim, um pouco mais e poderia ser minha mãe. riram-se. a maria da graça explicou-lhe que lhe morrera alguém e a etelvina suspendeu um pouco a faca sobre o pão e respondeu, a mim também. por isso, explodiram de raiva uma com a outra, incapazes de saber como lidar com aquele sentimento. e a maria da graça surpreendeu-se dizendo, não, não foi exactamente isso. eu também queria morrer. a etelvina abraçou-a. não lhe disse o mesmo, mas sentiu-o mudamente, mal preparada para admitir que tudo para ela ia perdendo o sentido.

quando levaram para a mesa do alpendre o pão torrado, a manteiga, o leite, o café, as cerejas doces e o queijo de cabra, sentaram-se comendo sem esperar ninguém. o silêncio da casa fazia crer que a quitéria e o seu andriy dormiam ainda sossegados e elas duas, ali já comendo, achavam que os seus males tinham amenizado por certo durante a noite, porque era muito diferente enfrentar-se uma noite daquelas nos braços de alguém. barravam o pão e engordavam as duas sem homem algum de leste. engordavam e começavam o dia atirando os olhos para longe novamente e pensando, de modo inevitável, que se quem criara tudo tivesse criado apenas aquilo, apenas aquilo, frisavam nos seus corações, teria inventado a felicidade e elas estariam ali felizes seguramente para todo o sempre.

quem viu o corpo do miguel atirado entre o mato foi um pastor velho e casmurro que insistia em pastorar umas poucas dez ou quinze cabras pelos campos, onde parecia mais passear do que trabalhar. uma das suas cabras ficou por ali parada e, tendo ele mandado o cão a buscá-la, viu o cão por ali ficar também, a farejar nas cercanias e a rosnar um pouco confuso. o senhor abel aproximou-se barafustando, não estivessem o cão e a cabra a fazer para que perdesse ali tempo, e viu a mão levantada do rapaz, exposta um pouco acima do silvado, deixando prever o corpo por ali torcido e partido. velho como era, o senhor abel amedrontou-se muito, porque nunca na vida descobrira algo tão macabro nos campos de pasto e não seria a idade a oferecer-lhe maior coragem para uma situação daquelas. foi ele quem correu até à casa mais próxima pedindo ajuda, dizendo que era urgente chamar-se a polícia, porque havia um homem ao dependuro para baixo de umas silvas. levaram-no ao telefone para explicar ao senhor do lado de lá onde estaria tal morto, e ele repetiu, está ao dependuro, que só se lhe prendeu a mão para o lado de fora, o resto do corpo caiu para dentro do silvado e não deve estar em bom modo.

    a maria da graça e a quitéria comentavam o azar da criança. acreditavam que lhe faltara o engenho selvagem e que, passando como artista de circo pelo declive acentuado daquela ladeira, caíra surpreso por ali abaixo, torcendo-se, partindo-se e enterrando-se silvado adentro para morto. assim acreditaram também os médicos legistas, porque deixaram o menino para enterrar sem dúvidas ou pesquisas de maior. a maria da graça e a quitéria sentiram compaixão pela etelvina e até pensaram rezar-lhe e prometeram visitá-la mais vezes. seria um bom hábito, admitiram, o de voltarem para outras noites de fim-de-semana em que ali estivessem num convívio mais íntimo e se divertissem todos os quatro com apenas sentir aquele sossego como sossegando as suas vidas por completo.

o senhor abel bradou por todos os lados, anunciando a morte do rapaz que a comunidade lamentou como se lamentava a morte de um cavalo selvagem atacado pelos lobos. e alguém dizia, isso já não há cá, cavalos selvagens, só aquele, que parecia uma coisa de outros tempos, aí a viver dos campos como já não se consegue. o padre mandou que levassem o corpo para a igreja o mais depressa possível. queria encomendar aquela alma a deus com o cuidado mais enternecido. o senhor abel olhava para as suas cabras e começara a sentir medo dos passeios pela beleza afinal tão misteriosa de vila flor. julgou que não estaria seguro, mais valeria que se deixasse daqueles trabalhos e se juntasse aos outros homens mais velhos, a comentar quem passava e quem tinha morrido, a contar até ao fim dos seus dias infinitas versões do achado que fizera.

a quitéria dizia, ó senhor, siga pela praça da sé, por favor. e a maria da graça dava um salto no banco e contrapunha, não, nada disso, não é necessário cortar pelo centro, estás louca. e o senhor ao volante sorria e perguntava, em que ficamos. a quitéria insistia, estamos tão perto, claro que vamos pela sé. a maria da graça não queria retirar de dentro da caixa de cartão, onde guardara a casa do senhor ferreira, aquela memória má que a magoaria. talvez fosse tempo de ali passar, verificar como continuavam as janelas fechadas e imaginar o mofo entranhando-se nos móveis e vencendo sobre os dourados e mais resistentes tecidos. era como tudo parecia. ali estática e nada espantada com prosseguir existindo. assim eram as casas. exalavam lentamente a energia dos seus habitantes quando estes partiam. com o tempo, como defumada devagar mas pormenorizadamente, aquela casa não teria mais a presença nem a ausência do senhor ferreira. seria um amontoado de pedras, com portas e telhado, tão inerte de burrice quanto outra coisa qualquer. a maria da graça poderia desejar que a casa não perdesse a inteligência eloquente do tempo do senhor ferreira, mas era inevitável que assim acontecesse.

com a casa, pensava ela, mas não comigo. que não hei-de ter o corpo burro da memória do maldito.

o andriy compreendeu que a quitéria o ajudaria a regressar à ucrânia. não era exactamente para regressar, senão para ir e voltar logo que estivessem esclarecidas as dúvidas sobre os seus pais. uma viagem à ucrânia era coisa para mais de um salário e ele não ganhava o suficiente para ignorar um mês inteiro de vencimento.

colocou-se diante do monte de areia. era por ali que andava o homem de ouro nos dias em que precisava de se estruturar. viu o sol bater muito loiro sobre a areia irradiando dali como também precioso. mas aquele não era o seu ouro, pensava. não o fitava de volta como o outro, moeda a moeda a ganhar-lhe respeito e assegurando o seu futuro. o andriy sabia que o homem de ouro era apenas uma ilusão da sua cabeça, uma projecção da sua própria força de vontade. mas era-lhe importante que viesse uma vez mais e lhe respondesse a algumas perguntas. nessas respostas, encontraria o andriy a verdade como se vasculhasse dentro do seu próprio coração. no entanto, a areia não se movia no calor implume do verão. por mais que meditasse, com a ficção do homem de ouro ou sem ela, não se convencia de coisa alguma. o que quer que tivesse acontecido ao sasha e à ekaterina permaneceria escondido pelo silêncio e muitos quilómetros de distância.

o sasha não quis que a ekaterina fosse tão cedo à porta. julgava que era preciso mais tempo para que os soldados se afastassem dali e ela pudesse fazer o ínfimo ruído dos pés descalços no chão em segurança. ela insistiu em que ele a deixasse levantar-se. sasha, vou só espreitar e já volto, não te assustes. e ele pediu, não vás, não fales, podem escutar-nos, estão ainda muito perto. ela tinha uma nódoa roxa no joelho de ter caído no dia anterior sem querer, e estar ali no chão, o sasha pressionando-lhe o pescoço, provocava-lhe dores que começavam a tornar-se insuportáveis. ela voltou a pedir-lhe, sasha, já passaram mais de cinco minutos, deixa-me pôr de pé porque me doem os joelhos. mas ele levava o dedo frente aos lábios e continuava aterrorizado. ela então levantou-se cansada, decidida a ultrapassar com alguma força aquele impasse, mas o sasha puxou-a pela mão tão violentamente que a ekaterina caiu de encontro ao frigorífico empurrando-o e fazendo com que o homem de ouro se precipitasse lá de cima num salto muito triste. na tijoleira da cozinha, viram os dois os cacos daquela porcelana antiga, desfeitos em minúsculas partículas que se esfacelavam em pó branco muito volátil. viram aquele dourado tão falso entre as moedas mais pequenas e sentiram que destruíam o futuro do andriy ou que, para sempre, se desligavam dele, incapazes de seguir a sua orientação. olha o que fizeste, sasha, partiste o mealheiro do nosso filho. o pobre homem lançou as mãos ao chão e começou a varrer para ao pé de si os cacos, o pó, as poucas moedas, chorando sobre aquilo tudo profundamente descontrolado. não matei o nosso filho, ekaterina, foi só o mealheiro que caiu. vamos colá-lo, vai ficar como novo, dizia ele. mas as peças eram tão pequenas, a porcelana tão pobre e velha, que seria impossível montar aquele puzzle de quase nada outra vez. a ekaterina foi buscar uma caixa de música que tinha em cima do móvel do seu quarto. era uma caixa muito bonita com a forma de um piano que, aberta, mostrava um veludo azul um pouco coçado mas realmente bonito. a tampa do piano abria e soava uma melodia de lysenko muito delicada, como tocada por criaturas de um centímetro que vivessem nas roldanas daquele brinquedo. a caixa era um guarda-joias que nunca tivera nada senão a música e, não sendo muito grande, seria perfeita para os restos tão bocados do homem de ouro, postos ali dentro como tesouro a perder-se de todo o modo. o sasha perguntou, não podemos colá-lo, pois não. e ela respondeu, não. temos de o deixar em paz. quando o quisermos lembrar abriremos o piano, escutaremos a música e lembrar-nos-emos.

o homem de ouro, desfeito no interior do piano, morreu. o sasha pensou que espalhariam as suas cinzas pelos campos mais verdes de uma primavera quando o andriy voltasse rico e, sabia lá, casado com uma portuguesa bonita.

o andriy respondeu, lysenko, mykola lysenko. a quitéria sorriu e ele explicou-lhe que fora um compositor ucraniano. fizeram-se algumas caixas de música com as suas melodias e a ekaterina conservava uma, muito antiga, que lhe ficara como relíquia da felicidade mais remota. ele começou a entoar a melodia numa afinação pouca mas esforçada e tão melancólica. a quitéria pôde apreciar aqueles sons com a sensação do raro. pensou que aquilo talvez fosse o triste modo de os compositores se expressarem e que todas as músicas haveriam de ser fúnebres num dado momento. a quitéria fechou os olhos e concebeu o seu andriy como um homem secretamente culto. um homem cuja cultura se escondia atrás de uma mudez que lhe era imposta pela língua portuguesa que ainda não dominava. e ele entoou aquele pequeno trecho de lysenko, triste e fúnebre como devia ser, sem poder imaginar que o homem de ouro estivesse no piano sepultado, para sempre terminado e impedido de permanecer tutelando o seu futuro tão vulnerável. a quitéria viu na pobreza tão bela do andriy um príncipe encantado como a maria da graça persistia em ver no senhor ferreira e pensou, é por este que morro, se for preciso, um homem assim que me há-de ensinar coisas que impressionem deus.

a maria da graça sentou-se ao pé do mikhalkov e disse-lhe que não era uma puta. que aquilo entre eles não tinha grande significado, mas também não deveria continuar. não era porque o seu augusto estivesse prestes a chegar, isso pouco importava. quem sabia não chegaria ao augusto a história bem contada do senhor ferreira, perguntava-se ela, e mais com o mikhalkov seria só um excesso numa liberdade já excessiva. ela queria que o mikhalkov reparasse no modo como se vitimizava. queria que entendesse que estava carente e capaz de errar mais do que nunca. não gostava de ser aprisionada no seu próprio descuido e devorada pela oportunidade mais cruel do outro. sabes, mikhalkov, toda a vida trabalhei, desde os meus doze anos que lavo roupa e limpo casas em toda a parte e não sei fazer mais nada. não sei fazer amor. eu não sei fazer amor.

o russo poderia esperar da maria da graça uma conversa mais rápida dispensando os contactos sexuais entre eles. estava muito habituado a que as mulheres casadas se acovardassem ou arrependessem a qualquer momento e que desdissessem tudo o que, quentes de desejo, haviam dito. mas percebeu uma diferença grande no discurso daquela mulher. percebeu envergonhado alguma coisa sobre o fazer amor. não era homem para amar uma mulher portuguesa, seguramente que não, mas já sabia o português suficiente para lhes reconhecer mais raciocínio e pertinência do que quereria em tantas ocasiões. era tão fácil dizer três palavras russas em resposta a três palavras portuguesas que, em conjunto, não fossem diálogo nenhum entre ele e uma mulher. era tão mais fácil quando uma mulher barafustava algo, ou descia os olhos atrapalhada como apanhada num pecado que não queria voltar a cometer. e ele escolheria uns palavrões em russo e até se divertiria a sair dali para fora convicto de que, umas portas adiante, outra mulher estaria ainda disposta a dar aquele passo pela luxúria e mais nada.

a maria da graça deixou os panos e saiu porta fora sem orgulho nem medo.

a quitéria chegou a casa e encontrou nas escadas do prédio, sentada como a dormitar sobre um saco de tecido verde, que pousara nos joelhos, a glória. disse-lhe, glorinha. a outra levantou os olhos baços e respondeu, já chegaste.

quando a glória decidiu sair de casa ainda os pais estavam vivos e foi a quitéria quem os haveria de enterrar e maldizer. a irmã escondeu-se para o minho com um homem gordo que a sustentava sabia-se pouco como. era uma rapariga muito nova, mais nova do que a quitéria, e talvez o impreparado da idade devesse desculpá-la, mas a quitéria não via as coisas começarem por aí. lembrava-se melhor do fardo que havia sido carregar com os pais até às últimas, arregaçando mangas para meter as mãos na água e trabalhar pesado. a glória não estava ali como donzela cuidada, viam-se bem as olheiras e o roçado da pele já tão gasta. estava muito mais velha, mais do que a idade lhe havia de exigir. mas gastou-se de querer, pensou a quitéria, que foi a mais pura verdade, repetia, gastou-se porque quis, porque, se ficasse em bragança em casa dos pais, só se gastaria do que era obrigada. e a glória disse, estive dois anos a serviço de uma casa grande, mas agora morreu a senhora e despediram-me. e antes disso, perguntou a irmã. estive em outras casas. enquanto vivi com o diamantino fui sempre trabalhando. e que lhe deu a esse. arranjou outra. a glória pousou o saco no chão da cozinha e perguntou, posso ficar aqui, não tenho para onde ir agora. como sabias que vivia aqui. perguntei na mercearia do senhor gouveia, ao pé da casa dos pais. contaram-me que andas com um ucraniano. eu quero que eles se fodam, respondeu a quitéria.

encostadas uma para cada lado na cozinha, começaram por se olhar sem saber muito bem o que mais dizer. incomodavam-se mutuamente depois de tantos anos de separação. tinham copos de água na mão, como uma bebida que se tivesse oferecido de cerimónia mas que fosse escolhida à pressa e com alguma má vontade, no nervoso da situação que nunca mais acabava. subitamente a glória disse, posso ajudar-te no que for preciso. a quitéria respondeu, que idade tens agora. e a outra, trinta e cinco. foi há dezasseis anos. foi. onde andaste. em ponte de lima. o diamantino tinha um café em ponte de lima. e tu, quitéria. eu quê. ficaste aqui. tive sorte, a câmara deu-me uma casa. pois foi.

a conversa podia ser só aquilo, uma contínua procura de pontos de apoio para quem se aventurava por um caminho não percorrido há muito. poderiam deixar-se de mão assim mesmo, satisfeitas com a rama das coisas, uma superfície ténue que bastaria para saberem que ainda estavam vivas e seguiam lutando. mas talvez não fizesse sentido para a quitéria receber a irmã sem que esta entendesse o seu lado da vida. pousou o copo. hesitou. a glória apercebeu-se daquele impasse. apercebeu-se imediatamente da iniciativa e da dúvida, como ao mesmo tempo da necessidade de o fazer. a quitéria deu dois passos em frente e levantou a mão que estalou na cara da irmã de modo sonoro e impiedoso. não imaginas como me senti, glorinha, disse depois. o andriy entrou.

a maria da graça poderia até ser mais dotada de compaixão do que a amiga, mas não aceitava pacificamente que a glória ali se fosse meter, tão depois de uma vida sem dar notícias e agora cheia de pedidos de ajuda como se fosse a mesma de muitos anos antes. foi receber o augusto e ia a pensar em todas as coisas assim, que a vida era má de tudo e nunca haveria de receber alguém que lhe faltasse durante tanto tempo. o augusto desceu do autocarro, beijou-a de leve nos lábios e puseram-se a caminho sem grande assunto. no percurso, muito breve entre a paragem e a casa, a maria da graça temia já as pessoas passando, como se em cada uma estivesse a vontade de a acusar. ele perguntava, como estão as coisas aqui. e ela respondia, tudo igual. e ele olhava para as casas e para as ruas e percebia que um vizinho tinha agora flores maiores no jardim, ou que haviam pintado um muro ao fundo, e isso bastava-lhe para ter aquele sentimento muito característico do emigrante, como se voltasse à sua terra após vinte anos de ausência. era uma tolice grande, porque em seis meses não mudava muita coisa, e o que mudava tinha mais que ver com deixar de ser inverno e passar a ser verão. mas aquela nostalgia tola talvez fosse o único motivo que levasse aquele homem a não tomar a atitude da glória. voltava para essas pequenas diferenças que lhe pareciam enormes e para poder tagarelar aqui e acolá sobre toneladas de peixes e mulheres esquisitas de outros países, a ver se punha os seus ouvintes de boca aberta. a maria da graça não o apanhava nessas conversas, que eram mais para cafés com uns quantos desocupados que se excitavam só de pensar em palavras mais húmidas. ela percebia apenas à distância, quase só pelo ar dele, muito sobranceiro, igual a quem tivesse dois metros de altura e precisasse de olhar para baixo para ver os outros. o augusto voltava a bragança com a aparência de quem trazia os bolsos cheios, o que não era verdade. normalmente chegava sem nada, um dinheiro pouco que não justificava tanta ausência e que gastava à sua maneira, sem o passar para gestão da esposa. era como se metia em casa e não ajudava a maria da graça com coisa que se visse. punha-se ali a resmungar do desbotado das tintas, do velho dos móveis, das rachaduras na cozinha, da água parada no canto exterior, ali ao pé dos estendais. enfim, achava a maria da graça que metia dentro de casa sua excelência o general do exército que a trataria como uma militar desesperada por uma trégua. e os outros perguntavam, a sério, augusto, as mulheres andam à procura dos homens como se fossem loucas. e ele respondia, são aos milhares ao pé dos portos. a gente chega de barco e elas estão a disputar quem se aproxima mais sem cair à água, para serem as primeiras a agarrar os marinheiros. todos riam e pensavam que, se não fosse terem umas mulheres zangadas em casa, cheias de filhos para mandarem à escola, haviam de fugir num barco qualquer para irem adorar-se dessas loucas que fariam tudo por uma noite com eles. até suavam de pensar no quanto seria bom e, ao mesmo tempo, no quanto estavam longe do mar.

depois, as pessoas afinal passavam e diziam-lhes boa tarde e não perguntavam mais nada. sorriam, algumas, porque reconheciam o augusto e percebiam que estava de volta para mais uma estadia de descanso. e ele perguntava outra vez, e não há nada de novo. e ela respondia, olha, voltou a glória, a irmã da quitéria. e ele queria saber, e agora. e ela dizia, agora a quitéria está apaixonada por um rapaz e tem de aturar aquela oportunista dentro de casa. a maria da graça calou-se. quando o augusto soubesse que a sua amiga estava junta com um homem de leste haveria de se enfurecer. no passeio, muito discretamente, cruzaram-se com um que se desviou o mais que pôde e desapareceu para lá de um portão. o augusto deitou-lhe os olhos muito sério, pensando que, na verdade, bragança não mudara nada ou não mudara no essencial.

quando se atirou aos braços do mikhalkov, sem explicar rigorosamente nada sobre o que a levara a mudar de ideias, talvez fosse porque o augusto já por ali estava havia cinco dias e não lhe constara nada sobre as suas infidelidades com o maldito, tão passíveis de se tornarem famosas. o russo não demorou a satisfazê-la e a deixá-la cair sobre a cadeira da cozinha, metendo-se depois na casa de banho, lavando-se e perguntando, talvez, que acesso de loucura dera àquela mulher. ela ali ficou um pouco, a sorrir, sim, era um sorriso que se punha nos seus lábios. o augusto em casa com alguma dor de barriga, e ela mais poderosa, julgando que a desgraça da sua vida estaria sobretudo à sua mercê. era o que pensava, que ainda dominava a sua vida e se esta se desmoronasse haveria de ser no momento exacto em que ela o quisesse fazer acontecer. limpou-se pouco e saiu da casa dos homens de leste. comprou a lixívia mais cobiçada do mercado e sentiu-se quase feliz por ser capaz de transformar aquilo num plano e de o levar a cabo tão ligeiramente. eis a minha lixívia gourmet, a melhor, para as sopas do meu adorado marido, pensava vezes sem conta. e pensava que um racista e mentiroso como ele não fazia falta ao mundo, e pensava também que, das oito vezes em que se metera com o mikhalkov, a daquele dia fora a melhor. apertava a lixívia na mão e sentia vontade de a entornar por inteiro num grande prato com batata e cenoura e vê-la a entrar na boca gulosa do augusto que se iria calando mais e mais até não poder dizer nem pensar asneiras sobre os homens de leste ou as mulheres dos portos ou fosse quem fosse.

a quitéria disse-lhe, estás bem feita, agora com esse de volta. e a maria da graça mandava-a falar mais baixo e chamava o portugal. as noites de verão proporcionavam um bem-estar à revelia de qualquer condição. sentiam-se as duas melhor, ali postas à conversa como se fumassem substâncias para a boa disposição e a vida fosse muito mais fácil do que se esperava. tinham muito que dizer uma à outra, com a presença da glória, que se metia pelas casas a ver se limpava o que houvesse de estar sujo. e a quitéria garantia, há-de arranjar outro bicho a quem limpar o cu, porque àquela não lhe dá para trabalhar aos dias, quer trabalhar aos anos e mais à noite. o portugal saltitava entre uma e outra e tinha qualquer coisa de tolo, infantil até, como sabedor daquela boa disposição muito terapêutica das noites quentes. e a quitéria dizia, dei-lhe um estalo na cara que quase lhe revirei o pescoço para trás. ainda me ficou a doer a mão, mas foi maneira de lhe dizer que aquilo não se faz. referia-se a tê-la deixado sozinha entre os pais morrendo, dois estupores de pais, dizia, e ela a ter de cumprir o frete de esperar que morressem e depois de arranjar de os enterrar. foram para a vala comum, que por mais trocos que eu pudesse fazer vendendo a televisão e umas porcarias da casa, não ia ser burra de ficar sem coisas e metê-las para os bichos do cemitério comerem. quem morre vai para qualquer lado, graças a deus, já não refila. a maria da graça ria-se e depois ria-se mais baixinho, não fosse o augusto zangar-se com a alegria dela, ali metido em dores, maldisposto sem entender porque lhe fariam mal os ares de bragança. não me sentia assim há muito tempo. quando fui, passada uma semana estava bem. a maria da graça abanava a cabeça e respondia, os ares do mar fazem-te melhor. depois acrescentava, a glória é que já cá não punha os pés desde cachopa e fica a olhar para os prédios novos como uma palerma. ele ajeitava-se no sofá e perguntava, essa não era a puta. e a maria da graça respondia, mais ou menos. viveu com um homem muitos anos. mas não se casou, frisava ele perguntando. pois não, dizia ela. agora ninguém lhe pega, pensava o augusto convencendo-se de que a glória era uma puta e talvez se pusesse nela. respondia, e que acha ela disto agora. que está tudo melhor, cheio de casas e com as praças todas mais limpas. isto tem crescido muito. pois tem. bragança ainda vai ser um lugar de muito negócio. e que faz agora. nada. anda à procura. e tu. eu quê. se o senhor ferreira morreu, estás a trabalhar onde. em muitas casas, e faço funerais com a quitéria. depois calaram-se. o augusto acreditava que a maria da graça não tinha muito cérebro e não sentia nada quando lhe punha alguma coisa vagina adentro. ele achava que a maria da graça era uma mulher sem desejos de tipo algum. andava pela vida a pensar no trabalho e trabalhava e não acontecia mais nada porque não era mulher para lhe acontecer mais nada. ela poderia ser como as velhas muito velhas que se iam despojando até da memória de um dia terem estado vivas. eram estas ideias que convenciam o augusto de que ela poderia andar de casa em casa, de rabo no ar, que ninguém lhe pegaria. ninguém pegaria numa pedra, por isso ninguém pegaria na sua maria da graça, que só casualmente tinha por ali um buraco, tão parecido com o apetecível buraco das mulheres, a servir para quase nada, como um qualquer buraco numa pedra.

e a maria da graça confessava, já comprei uma neoblanc. riam. a outra perguntava, perdeste a cabeça, qualquer porcaria teria o mesmo efeito. a amiga respondia, não se poderá queixar da qualidade. quero que diga ao são pedro que as minhas sopas lhe sabiam a banquete do melhor. vais matá-lo. não se morre disto. ai, graça, vais matá-lo e nem vais querer acreditar. não vou nada, apetece-me. estás maluca. dá-me gozo, que queres que faça. gosto de o ver ganir como um cão, a pensar que me trata como as pedras. um dia, vai perceber que as pedras mais de cima das outras podem ser cabeças a pensar.

deitou-se ao lado do augusto e aquietou-se para não o acordar. era sempre melhor quando ele não conseguia ir do sofá à cama. mas naquela noite ele não bebera e algo o levara a desligar a televisão mais cedo. ela entrou para debaixo do cobertor e respirou devagar para garantir que ele não reagiria. havia visto o mesmo que ele, que a glória lhe seria uma presa fácil, solteira e já muitos anos amantizada, claro que estaria a jeito de ser um brinquedo para as fomes do augusto e, vendo bem, ele tinha quarenta e dois anos, com vinte e quatro de trabalho, e parecia um tronco de árvore muito marcado mas robusto, escuro de muito sol e masculino. não era homem para se desprezar. quem não o odiasse haveria de ter por ele uma atracção fácil. e ela não se preocupava com isso. achava mesmo que, se o augusto tivesse um exagero com a glória, poderia servir tal coisa de troca cabal pelos cornos que lhe ia metendo também.

afundou-se na almofada e chegou à praça muito rapidamente. levava apenas a lixívia na mão e dirigiu-se ao são pedro sem demoras. acha que serve, perguntava ela, é a mais cara que encontrei, quem me dera a mim ter lavado tudo com isto, cai no chão como champanhe pelas goelas abaixo. o são pedro sorria. ela deu-se a sorrir também. ficou sorrindo uns segundos e ir-se-ia embora se não reparasse numa inflexão estranha nos lábios do santo. olhou melhor. foi mais perto. ele disse-lhe que matar não era o caminho para morrer de amor, e não lhe disse mais nada, entrando para o paraíso e fechando a pequena porta mais uma vez. ela acordou e sentiu-se incapaz de parar. sem o matar, pensava, apenas continuando a infernizar-lhe o estômago para o enfraquecer, apenas para o enfraquecer. se o augusto morresse deixaria de ter piada, pensava. convencia-se assim de que não estaria louca nem perdera todos os valores. era por fazê-lo havia tanto tempo, não havia lógica em parar. e ele não morreria por tão pouca coisa, umas gotas tão pequenas de um líquido que, se calhar, só lhe limpava as tripas e o punha limpo por dentro ainda mais do que por fora. e muito antes de morrer ele, havia de morrer ela, pensava nisso e achava que estava tudo muito bem planeado. prosseguia no mais perto do fim e regozijava cada vez mais.

começaram a pintar as paredes da sala e ela queixava-se que lhe doíam os braços. talvez não fosse esforço para uma mulher chegar ao cimo das paredes. mas o augusto não fazia muito caso. era trabalho para os dois e queria ver a casa a brilhar, como se pintada ficasse nova, perfeita de tudo para não gerar mais problemas e poderem sentir-se vivendo num verdadeiro palácio. ainda tinham a cozinha para tratar. ali, ele colocaria massas a tapar as aberturas nas paredes e depois uma nova cor. a maria da graça queria que se mantivesse branca, a cozinha, mas ele vira no estrangeiro uma cozinha vermelha e estava certo de que transformaria aquele num espaço de luxo só com esse borrão em que ficavam as paredes pintadas. ela irritava-se com aquelas manias de alguma grandeza. mas, naqueles momentos de profunda regeneração, em que o homem se convencia de que era assim que se tratava de uma família, ele enchia-se de orgulho e a sua força tinha de ser a força dela. a maria da graça passaria horas empoleirada no banco para atingir os mais exigentes objectivos, como até o de passar uma primeira demão nos tectos.

com o braço esticado, a bata florida subindo acima dos joelhos, ficou exposta um pouco mais ao olhar do augusto, que repentinamente lhe notou o interior das coxas. estaria ele com as mãos salpicadas de tinta, porque quando lhas pôs, interior da saia acima, lhe desenhou pequenos rastos que pareciam rasgões na pele. e ela perguntou, que estás a fazer. e ele respondeu, ainda não tivemos um bom momento destes desde que voltei. agora não, augusto, pediu a maria da graça. mas ele desceu-a do banco, levou-lhe a mão ao balde pousado sobre a cadeira e ela largou a trincha que parecia derreter.

a maria da graça nunca engravidaria, seca como estava por ali adentro. o augusto é que não o saberia. perguntava-lhe, se tivéssemos filhos isto tudo seria diferente. e ela respondia, sim, seria ainda mais difícil. e ele retorquia, achas difícil. e ela dizia, sim, e estou muito cansada.

ele voltava uns minutos antes dela para as tintas, a exigir-se uns minutos a mais de trabalho. mas depois não perdoaria que ela descansasse ainda. queria vê-la empenhada naquilo e aquilo havia de ser uma fidelidade perante a qual seria intransigente. era a fidelidade que ela também não lhe recusaria. aceitava a ordem e compensava-se de pensar que um daqueles dias, quando ninguém estivesse a contar, ela morreria para se livrar de tudo.

nem limpou das pernas as faíscas de tinta que lhe subiam até ao sexo. deixou-se ficar assim, como cicatrizando corajosamente todas as suas feridas ou como suportando as coxas a arderem longamente.

a glória sentou-se ao pé delas e brincou brevemente com o portugal. a maria da graça perguntou-lhe se o augusto se andava a entornar para o lado dela. e a glória perguntou, o teu marido. e a maria da graça respondeu, podes ficar com ele. a glória não tinha qualquer contacto com o augusto, era tudo muito mais ficção do que resultado. a quitéria, contudo, dizia-lhe, põe-te direita, glorinha, que aqui em minha casa não vive ninguém de contra da graça. a irmã insistia, tomando o portugal no colo de ar inofensivo e familiar, não quero cá homens, já me desgracei por um, agora quero trabalhar. no outro lado do prédio, o andriy colocava a chave na porta e entrava. antes ainda de entender que a quitéria estava nas traseiras à conversa, estendeu-se no sofá e chorou. do lugar onde estava podia ver o frigorífico e escutar o zumbido contínuo que o seu motor fazia. percebia como todo ele abanava ligeiramente, um estremecimento que não acabava, como se o próprio frigorífico tremesse de frio. o andriy chorou calmamente, secando lágrima após lágrima quando, habituando-se ao silêncio restante, começou a entender a voz da quitéria, da glória e da maria da graça no lugar de sempre. pensou que a quitéria era a sua vida. esfregou as mãos como acariciando-se e sentiu que aquela mulher seria razão suficiente para se tornar feliz.

o andriy saiu ao pátio das traseiras e disse, boa noite. havia passado diante do frigorífico branco, onde nenhum homem de ouro se endinheirava para o seu futuro e sentira que estava em tempo de contar apenas com o seu instinto e sobreviver ainda, sobreviver melhor. estava em tempo de esquecer o ouro e ver cada pessoa como falível mas necessariamente digna de confiança. os estendais tinham roupa molhada a secar rapidamente num calor intenso. a quitéria levantou-se, beijou-o e ele não lhe permitiu que se afastasse. manteve-a junto a si, sustentando ainda os seus braços em redor do pescoço, e disse-lhe, eu também amo.

a presença da glória servira apenas para impor uma urgência maior nos intentos da quitéria. havia que deitar as mãos ao trabalho para conseguir partir com o andriy para a ucrânia já naquele mês de setembro próximo. a glória estava guardada no quarto mais pequeno, metida entre pilhas de roupas e tábuas de passar a ferro, mais armários partidos que se enchiam de pó e panelas velhas. quando a glória fechava a porta, a casa não mudava em relação ao que sempre fora. e assim exigia a quitéria. pensava que guardava a irmã, como uma vassoura de olhos abaixo do piaçaba, e não esperava que se pusesse por ali a varrer sozinha. mas a maria da graça via-lhe as coisas de outro jeito. e, se achava que o augusto se podia meter com ela, achava que ela se podia meter com o andriy. por isso, e sem meias medidas, a quitéria numa noite foi ao quarto de arrumos e ouviu o sono da irmã. depois, muito lentamente para não fazer ruído, rodou-lhe a chave e guardou-a. a maria da graça congratulava-a, é assim mesmo, se quiser sair, que saia quando o andriy já foi trabalhar. e o andriy saía às cinco e meia e a quitéria soltaria a glória às seis, que dormiria até às sete e meia e não perceberia nada.

às oito estavam todos de um lado para o outro, o sol levantado e as ideias mais prementes a tomarem lugar, como se rabiassem dentro deles a fazê-los correr pelas coisas mais diversas que pareciam sempre pertinentes e necessárias.

o portugal vinha ao pé da porta das traseiras e esperava que lhe pusessem algo na tigela meio partida. depois disso, ficaria até ao fim da tarde por ali sozinho, com o augusto a passar de vez em quando para ver a pouca vista do pátio, sem sequer perceber que o cão, bem comportado e de olhar meigo, não era vadio e, em certa medida, lhe pertencia.

durante a tarde, longa tarde em que a maria da graça andaria acima e abaixo a ganhar parcos euros, o problema estava em ficar o augusto sozinho, entrando e saindo de casa sem contar que alguém da polícia pudesse procurar a esposa para mais perguntas ridículas. a maria da graça queria convencer-se de que esse tempo acabara e não havia mais o que saber. o maldito estava enterrado e comido pelos bichos, julgava, e era altura de a largarem desse assunto. mas a agente quental parecia ter muito para saber quando se sentou na sala pintada de fresco e brincava dizendo, isto agora está uma maravilha, com muito mais luz. o augusto respondia, as paredes estavam a perder as cores, era a altura certa para pintar. a agente sorriu e acrescentou, um homem atento, e eu sei que vai estar atento ao que lhe venho dizer também.

não importava que a maria da graça tivesse sido amante do senhor ferreira, porque sobre isso a agente quental não comentou nada, importava que, ao fim de cinco meses de investigações, se concluía que haveria de ser dado como válido um documento que o senhor ferreira deixara metido ostensivamente sob a mesma mão de bronze onde a cada mês colocara o pagamento da mulher-a-dias. o augusto sentou-se, quis saber do que se tratava. a agente quental sorriu. depois de tantas dúvidas estava apaziguada com o caso e podia dizer-lhe que, mais assinaturas, menos assinaturas, a maria da graça era herdeira de uma bela casa na praça da sé, rebordada a pedra e decorada com móveis de bom gosto. tão bonita, dizia a agente, que até estando esta casa toda pintada não hesitarão em ir para lá viver. o augusto pôs-se para trás na cadeira, desviou os olhos, perguntou-lhe uns segundos depois, e porque faria o senhor ferreira uma coisa dessas. a agente sorriu e encolheu os ombros, respondeu, são coisas que acontecem. devia ficar feliz.

por amor, estavam todos dispostos a tudo. parecia impossível que cada um fosse, num certo momento, capaz de qualquer coisa por amor ou pela falta dele. e o augusto não seria diferente. que a maria da graça herdasse uma casa fina, era coisa boa, que herdasse uma casa fina de um homem com quem não tinha, ou não devia ter, qualquer relação de grande importância, era coisa bem diferente.

a maria da graça sentara-se e negava uma e outra vez que algum dia tivesse cometido uma traição com o senhor ferreira. parecia-lhe melhor que o negasse, embora durante tanto tempo se tivesse convencido de ser coisa de assumir sem medo. o augusto estava furioso, mexendo em facas e pontapeando as cadeiras. a quitéria batia-lhes à porta e perguntava se estava tudo bem. ele vociferava algo que a punha longe e prosseguia. a sua opinião era a de que o velho se punha na maria da graça e, arrependido de alguma coisa, ou em sentido gesto de amor, lhe deixara a casa, porque uma casa não era coisa de se deixar a qualquer pessoa. e repetia, uma casa, graça, como é possível que te dê uma casa. e ela voltava a negar dizendo que mais valia que ficassem felizes por tanta sorte. e morreu, não precisa dela para nada, mais vale que ma deixe, que fui eu quem a limpou tantos anos. e tantas vezes lho disse que o augusto parou. claro que pensou muitas vezes na hipótese de se tratar de uma herança bem conseguida, merecida pelo cuidado das limpezas e por uma companhia lícita. mas não seria possível, se ninguém dava nada a ninguém e menos ainda à maria da graça, que era como uma pedra, inanimada e disforme, nada de nada.

bateu-lhe um pouco à pressa e sem saber muito bem o que fazer. era como se apenas libertasse uma energia desorganizada com a qual não sabia lidar. ela não se ofendeu. podia ser o modo de pagar pela infidelidade, podia ser o modo de decidir mais depressa o que há muito ia fazer. estava no chão da sala sem se julgar vítima do augusto, já não. ele era apenas uma peça miúda naquela altura da sua vida, uma peça nenhuma, que se colocava diante dela como uma motivação eloquente para que se cumprisse a vontade que nutria de morrer.

a meio dessa noite, a maria da graça chorou de saudades. o augusto ficara jogado pela sala, já bebido e estafado, e ela metera-se na cama a sentir-se sozinha e apaixonada outra vez. no silêncio que se impôs, pôde sentir o senhor ferreira mais presente, acreditando por fim que ele não a desprezara e que pensara nela e tomara uma atitude em seu favor. o senhor ferreira, lembrava-se, aquele traste de velho que usando-a também a levava para o mais perto de se ser humano, importando-se com a instrução da sua alma para as coisas imateriais, as verdadeiramente enriquecedoras. a maria da graça chorou depois noite inteira, muito calada, com uma certa felicidade que já ninguém lhe podia roubar.

que felicidade tão inusitada a faria chorar horas a fio. a vida tão simplificada naquela percepção clara do que afinal importava. ela não perderia de mão o sentido mais definido das coisas. achava que se abrira diante de si uma estrada por onde caberia corpo inteiro para chegar ao lugar onde precisava de estar. esse lugar algures entre boas nuvens onde o senhor ferreira atenderia à sua chegada como um complemento eterno de euforia e, nada paradoxalmente, descanso. não adormeceria para sonhar nada ao contrário do que queria fazer. não tinha mais tempo para se enganar. ficaria de olhos esbugalhados, as lágrimas contínuas face abaixo, a ver o futuro tão ali ao pé e a pensar, um dia o futuro vai estar sobrelotado, e não vai haver ninguém para saber da minha história, se trabalhei ou roubei, se amei ou odiei, e eu não quero ser rigorosamente nada senão a crença numa réstia de felicidade. era assim que entendia que seria compensada pela sua vida, uma vida que não impressionaria deus nem lhe daria um lugar na memória futura. não era nada. mesmo nada, nem a pedra burra que o augusto poderia usar para pôr os pés em cima.

e a quitéria levantou-se e foi tentar perceber que barulho era aquele, inicialmente até assustada. então, ouviu a voz da glória e uma batida isolada na porta fechada do seu quarto. não era por coisa nenhuma urgente, era só porque a glória queria ir à casa de banho e não sabia ainda que dormira trancada naqueles doze dias. subitamente, uma claustrofobia apoderou-se dela e a necessidade de se ver liberta foi imperiosa. a quitéria tombou sobre si mesma quando a irmã irrompeu ali de dentro num nervoso de bicho assurriado. o andriy acorreu a dar-lhe a mão e levantou-a. percebia mal o que se passava. algo no diálogo delas se perdia como se aquilo que estivesse diante dos seus olhos se escondesse e não fosse de ver. segurava apenas a quitéria e a outra barafustava.

naquele instante, a glória não era ninguém. era apenas um ruído no meio da casa, como se um cano de água rebentasse e ficasse a incomodá-los. mas não era de gerar compaixão ou tacto humano. a quitéria foi como entendeu que albergar aquela mulher no seu espaço, com o ridículo que seria trancar-lhe a porta para que se mantivesse inofensiva tanto quanto possível, era um disparate injustificado. a glória era uma intrusa, só por estupidez ali admitida. esta é a casa que eu mantenho, para mim, para sonhar com ser feliz, disse, quero que te vás embora, não pertences à minha felicidade. quero que te vás embora.

a glória não chegara perto do andriy nem do augusto. a glória não chegara perto da quitéria e não sabia nada sobre a maria da graça. não era dali, como se fosse uma peça de motor e não pertencesse àquela máquina. às quatro da manhã viu-se na aragem da noite, rumando para o centro, empurrada inicialmente pelo andriy que lhe dizia, vai embora, senhora, vai embora. foi embora e não era mais ninguém, como o cano que se compusesse e deixasse de incomodar.

de manhã cedo, o entusiasmo da quitéria era proporcional à ansiedade da maria da graça. a notícia de que herdaria a casa do maldito soava como a mais incrível das suposições. e que o augusto acordara cedo em demasia e havia desaparecido também criava na esposa uma dor física de medo. disse, graça, perdoa-me estar feliz. e a amiga respondeu-lhe, que duas somos, apaixonadas. e a quitéria acrescentou, vais ficar bem. a maria da graça respondeu, perfeita, vou ficar perfeita.

a quitéria meteu-se pela agência de viagens adentro e explicou que precisava de chegar a korosten, na ucrânia, como se fosse coisa para lá estar dali a dez minutos. estava eufórica, com a posse do seu juízo posta em esplendor no centro do seu coração. eis como se sentia, com o juízo no coração. e repetiu, korosten, escreve-se assim, estendeu um bilhete, é uma cidade muito bonita, já vi umas fotografias nuns postais. viagem para dois. mostrou novamente o papel com o nome da cidade escrito numa caligrafia tremida e inchou para trás na cadeira. com a entrega de um valor e o pagamento de outro por fiado à moda antiga, meteu no bolso um papel que lhe deu a moça do balcão onde se dizia tudo quanto precisava de saber para embarcar no aeroporto do porto para, quase um dia inteiro depois, aparecer milagrosamente na estação de comboios de korosten.

korosten, dizia para si mesma, korosten.

e a moça do balcão repetia, não se preocupe. temos este plano às prestações e o que fica a dever é muito pouco. a quitéria respondia, é que preciso de deixar algum dinheiro de parte para as despesas que faremos por lá. a rapariga sorriu e disse que era prudente, que não se podia ir de férias para passar fome.

quando o augusto entrou em casa, a maria da graça disse-lhe que pensara melhor e resolvera contar-lhe a verdade e a verdade mandava assumir que amava ainda o senhor ferreira. ele estava fechado como as nuvens. e ela perdeu o medo. os milhares de mulheres nos portos do mundo pareciam vir às janelas pequenas daquela casa. estava um silêncio profundo, mas os olhos de muitos rostos eram postos no augusto que não poderia negar-se a liberdade em que sempre vivera fora de bragança. e agora estava sabedor de uma traição da esposa e tudo lhe parecia tão ao contrário do que devia. o augusto respondeu-lhe, por vezes ficamos tão sozinhos que não parece errado estar com outra pessoa. e ela disse, mas eu amo-o, e estar com ele, no que queres dizer, era pior. o augusto olhou-a e perguntou-lhe, e eu. ela respondeu, já não te amo, mas também já não te odeio.

o andriy viu, a partir dos papéis que a quitéria lhe mostrava, o outro lado da europa. encostou-se a ela chorando numa felicidade complexa de saber que o mais certo era encontrar os pais mortos, mas era como precisava de os ver se essa fosse a verdade. no lado de lá daqueles papéis, o andriy percebeu o resto da vida. abraçou-se àquela mulher numa convulsão tão grata que lhe sentiu amor como apenas aos pais sentira. um outro amor, mas igualmente absoluto e votado à eternidade. dizia-lhe, obrigado, quitéria, muito obrigado. e ela desfazia-se em coração e não imaginara nunca que aquele gesto poderia ser o mais mudador de toda a sua vida. aceitou aquele abraço pelo lado mais interior do amor, rasgando com o passado a costumeira ferocidade. naquele instante, a quitéria acreditou que descobrira o mais inatingível da existência. agarrou-se ao andriy e agradeceu-lhe como pôde pela oportunidade única de se humanizar daquela maneira e percebeu a inteligência mais secreta de todas. esta é a inteligência mais secreta de todas, o amor.

a maria da graça subiu ao topo do prédio e apreciou bragança por ali fora a mexer com a delicada paciência do verão. estava um agosto quente a retirar a vontade de trabalhar a todas as pessoas. ficou por ali um bocado a pensar que talvez devesse explicar melhor as coisas ao augusto. talvez merecesse, por mais bruto que tivesse sido, entender o que justificava cada gesto e saber que não era directamente culpa sua. depois distraía--se. ficava apenas sentindo o tempo, o peso nos ombros, a certeza de que morreria ali, aparentemente tão cedo e preparada. e voltava a sentir que era possível descer, encarar o augusto ainda estupefacto no sofá, revoltado e derrotado, e demorar com ele uns dias, umas semanas, até talvez um ano. mas não significaria nada esse tempo, porque a decisão estava tomada e não lhe era nada complicado prosseguir.

que pasmo o de se ver ali, tão elevada sobre a rua e os estendais. via a água que se acumulava sempre sob a janela da sua cozinha, o portugal por ali farejando coisa nenhuma, enchendo o pátio de fezes que sempre tinha de limpar, e sorriu. estava pacificada por ter despejado a lixívia no lava-loiça. nem mais uma gota, decidira. e era por ele, mas também por ela, que não quereria morrer se o augusto morresse tão prontamente atrás dela, como se fosse correndo por ela a intrometer-se no caminho que lhe era exclusivo. a quitéria não a vira passar para cima no prédio. jurava ter ouvido uma qualquer exclamação de surpresa quando passara à porta de casa da amiga. mas não interromperia coisa alguma. de todas as pessoas no mundo, a quitéria seria a que mais teria obrigação de a compreender. haveria de carpir a sua morte como a mais inteligente das profissionais. aquela que sabia que a morte era o melhor destino para a maria da graça. sorriu de novo. um dia, pensava, até a quitéria se vai apanhar na ucrânia e nem vai querer voltar. porque isto por aqui não é nada como o augusto diz. não vai ser terra de negócio para ninguém. vai ser um campo vazio a arder no verão e a congelar no inverno. e quem cá viver será só vítima de um dia atrás do outro e nada mais.

alguns pássaros acorreram àquele lugar. punham-se de um lado para o outro, pousando em cima dos trastes velhos ali encostados e chilreavam, às vezes muito intensamente. que tontos pareciam à maria da graça, tão estranhamente alegres. poderiam ter vindo para lhe venderem a vida e não souvenirs como apenas pálidas imagens do esplendor do mundo. que inusitado que ali viessem em última oportunidade para a convencer de que valia a pena seguir vivendo. e ela sorria, que charlatães estes, tão vendedores quanto os outros. ficou a observá-los muito irónica. não lhes responderia e nem os espantaria dali para fora. não eram capazes de criar qualquer inflexão no seu espírito e seria para ela muito fácil livrar-se deles com umas vassouradas no ar ou de encontro às coisas, derrubando-as e impedindo que servissem de praça para tal mercado. que praça a da morte, pensava, e mais encantadora seria por usar a voz dos pássaros ao invés da rouquidão cansada das almas penadas. e ela já sabia que não penaria ali nunca mais, não penaria viva, esfregando o coração no chão, limpando cada nódoa que, mesmo depois de tirada, continuaria escurecendo o seu interior. ela não ficaria mais tempo na praça, não ela, uma mulher que fazia o seu próprio juízo e queria morrer de amor.

há uma maturidade muito grande na morte, pensava a maria da graça. uma sabedoria qualquer que nos acode. sentiu-se muito calma tão rente à felicidade e compreendeu que era só o que queria. nem lhe importava absolutamente que existisse deus e ele a julgasse também para uma vida além corpo. era só importante que pusesse um fim ao quotidiano cansativo que vivia e a morte estava diante de si como um passo apenas em determinada direcção. depois disto, pensava também, não estarei em lugar nenhum. e até o querer que exista o maldito, em alguma nuvem à minha espera, vai deixar de fazer sentido no momento em que eu própria desaparecer de todo e não puder pensar nisso nem no contrário.

viu os estendais, muito lá em baixo carregados de roupa e dispostos como redes sem serventia para a salvarem. via os estendais e hesitava só porque queria ver melhor. naquele tempo, entretida como estava a antecipar uma e outra vez a morte, o senhor ferreira veio das escadas e assomou ao terraço. trazia também um sorriso bonito no rosto e a maria da graça, já nem surpresa, gostou muito de o ver e recebeu-o. olhou de novo os estendais passivos e foi quando o senhor ferreira a tomou nos braços, avançou um pouco o rebordo do prédio e expôs o corpo dela ao precipício. depois, largou a maria da graça portas da morte adentro. e ela pensou, ah, são pedro, são tantos os caminhos para o lado de lá dos sonhos. e assim tombou no chão, confusa entre roupas e sangue, profundamente perfeita e sabedora desde sempre do motivo da sua desgraça. já era desgraça nenhuma. o tempo haveria de continuar o seu ofício e desculpar toda e qualquer ansiedade. sim, fora só ansiedade. porque o amor não cabia quieto no espaço tão pequeno que era o corpo de uma mulher. o portugal ainda latiu por um breve segundo, depois, ficou calado, apenas a ver, tão fugazmente inteligente, intensamente ternurento e absolutamente imprestável.

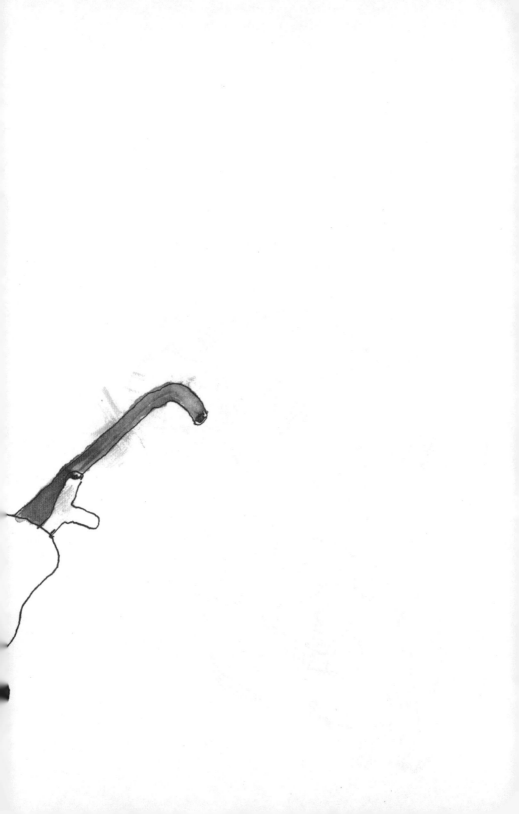

VALTER HUGO MÃE é um dos mais destacados autores portugueses da atualidade. Sua obra está traduzida em muitas línguas, tendo um prestigiado acolhimento em países como Alemanha, Espanha, França e Croácia. Pela Biblioteca Azul, publicou os romances *o remorso de baltazar serapião* (Prêmio Literário José Saramago), *a máquina de fazer espanhóis* (Grande Prêmio Portugal Telecom de Melhor Livro do Ano e Prêmio Portugal Telecom de Melhor Romance do Ano), *O filho de mil homens*, *A desumanização* e *Homens imprudentemente poéticos*. Escreveu livros para todas as idades, entre os quais: *O paraíso são os outros*, também publicado pela Biblioteca Azul, e *Contos de cães e maus lobos*. Sua poesia foi reunida no volume *Publicação da mortalidade*. Outras informações sobre o autor podem ser encontradas em sua página oficial no Facebook.

Este livro, composto na fonte Silva,
foi impresso em papel Pólen Soft 80 g/m², na gráfica Imprensa da Fé,
São Paulo, Brasil, março de 2020.